(Conservo la Couverture)

349

9171

PUBLICATIONS DE M. CH. THIRION

Ingénieur civil, Conseil en matière de Propriété industrielle
Ancien élève de l'École centrale des Arts et Manufactures
Membre de la Société des Ingénieurs civils, de la Société d'Encouragement
De la Société de Législation comparée, de la Société Industrielle de Mulhouse
De la Société des Inventeurs et Artistes industriels, etc.
Membre du Comité consultatif du contentieux à l'Exposition universelle de 1878
(section de la Propriété industrielle)

CONGRÈS INTERNATIONAL DES BREVETS D'INVENTION

TENU A

L'EXPOSITION UNIVERSELLE DE VIENNE EN 1873

RAPPORT

DE M. THOMAS WEBSTER, CONSEILLER DE LA REINE

DÉLÉGUÉ DU GOUVERNEMENT ANGLAIS

Traduit de l'Anglais

PARIS

AUX BUREAUX : 95, BOULEVARD BEAUMARCHAIS

ET CHEZ MARCHAL, BILLARD ET Cie

Libraires de la Cour de Cassation

27, PLACE DAUPHINE, 27

1877

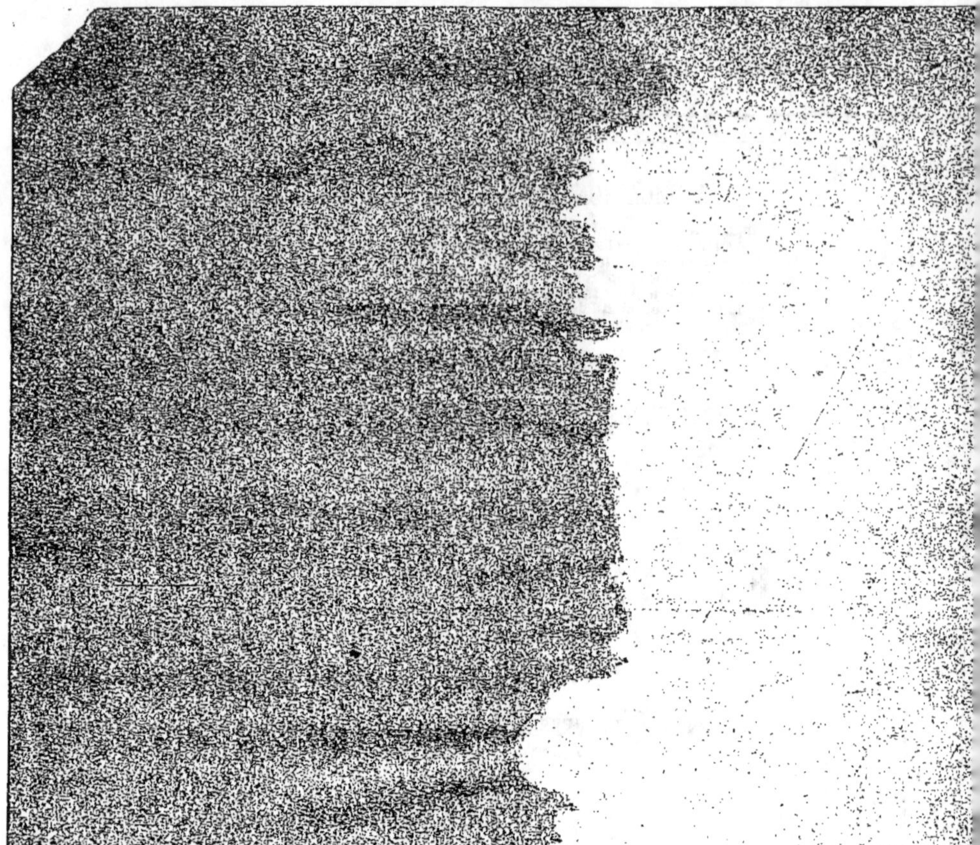

CONGRÈS INTERNATIONAL

DES

BREVETS D'INVENTION

TENU A

L'EXPOSITION UNIVERSELLE DE VIENNE EN 1873

PARIS — TYPOGRAPHIE LAHURE
Rue de Fleurus, 9.

CONGRÈS INTERNATIONAL

DES

BREVETS D'INVENTION

TENU A

L'EXPOSITION UNIVERSELLE DE VIENNE EN 1873

RAPPORT

DE M. THOMAS WEBSTER, CONSEILLER DE LA REINE

DÉLÉGUÉ DU GOUVERNEMENT ANGLAIS

Traduit de l'Anglais

PARIS

AUX BUREAUX : 95, BOULEVARD BEAUMARCHAIS

ET CHEZ MARCHAL, BILLARD ET Cie

Libraires de la Cour de Cassation

27, PLACE DAUPHINE, 27

1877

AVANT-PROPOS

Le Congrès international des brevets d'invention qui a eu lieu à Vienne, en 1873, en même temps que l'Exposition universelle ouverte dans cette ville, est généralement peu connu en France. Cela tient à ce que, nous ne savons pour quelle raison, la France, si largement représentée à l'Exposition de Vienne, où elle a voulu montrer que ses récents malheurs n'avaient en rien affaibli ses ressources industrielles et sa vitalité, n'avait envoyé au Congrès international des brevets d'invention ni représentants officiels, ni délégués officieux, et, seule, malheureusement, elle manquait à cette réunion, dans laquelle devaient se traiter des questions dont il ne lui est pas permis de se désintéresser.

Cela fut donc fâcheux, et on le regrette surtout en lisant le compte rendu sténographié des séances de ce Congrès, car, par la nature des questions qui y ont été traitées, leur diversité, leur importance capitale, on comprend que la France eût pu faire entendre sa voix dans ce concert pacifique et défendre, avec tant d'autres, les vrais principes qui servent de base au compromis que la société passe avec les inventeurs, en accordant à leurs travaux la garantie temporaire à laquelle ils ont droit.

Outre le rapport officiel du Congrès international de Vienne, publié en allemand par les soins de son secrétaire général, M. Carl Pieper, ingénieur à Dresde, divers rapports furent faits par les délégués accrédités par les principaux pays pour suivre les travaux du Congrès, et, parmi ces rapports, le plus intéressant et le plus complet, sans contredit, est celui de M. Webster, délégué du gouvernement anglais ; c'est un travail consciencieux, trop peu connu chez nous, et dont nous avons voulu publier une traduction, notre conviction étant que tous ceux qui se livrent à l'étude des questions de propriété industrielle le liront, comme nous l'avons fait. avec le plus grand intérêt.

Le but du Congrès de Vienne était d'étudier, d'après un questionnaire préparé à l'avance, les principales questions concernant les brevets d'invention, d'examiner comment elles étaient envisagées par les différentes législations, d'émettre, après une discussion approfondie, son avis sur la meilleure solution à donner à chacune d'elles, et d'indiquer les bases d'une réforme internationale des diverses législations. Le Congrès n'avait donc pas et ne pouvait avoir mission d'imposer ses résolutions; son rôle se bornait à formuler des vœux.

Quelque faible qu'ait été chez nous le retentissement du Congrès, son rôle n'en a pas moins été important, tant par la dignité qui a présidé à ses délibérations que par la notoriété des personnalités qui ont dirigé ses séances et pris part aux discussions, et ses résultats ont été considérables, en ce sens qu'on peut lui attribuer le revirement qui s'est fait sentir, en Allemagne, en faveur de la protection des droits des inventeurs, fort discutés jusqu'alors, et qui a eu comme conséquence les lois successivement adoptées dans ce pays, d'abord sur les marques de fabrique, puis sur les dessins et modèles industriels, la propriété littéraire et artistique, et, prochainement, sur les brevets d'invention[1]. On peut admettre également que ces discussions, dans lesquelles les délégués anglais et américains ont tenu une place importante, n'ont pas été sans influence sur les modifications que le Parlement doit apporter cette année à la législation qui régit les brevets d'invention en Angleterre. Différents autres pays ont promulgué ou étudient encore des lois concernant les marques et les dessins de fabrique et les brevets d'invention.

Ainsi, depuis le Congrès de Vienne, qu'il en soit ou non la cause directe et déterminante, un grand nombre de pays ont modifié, amélioré ou complété leur législation en matière de propriété industrielle. Seule, la France reste avec ses lois actuelles, incomplètes, insuffisantes, qu'elle a tenté d'améliorer à diverses reprises, mais sans que cela ait pu encore réussir.

On a compris qu'une telle situation ne pou-

1. Au moment de mettre sous presse, nous apprenons que le Parlement allemand vient d'adopter cette loi, qui rend rend applicable à tout l'empire d'Allemagne la nouvelle législation sur les brevets d'invention.

vait se prolonger sans danger pour l'industrie, qui ne se sent pas suffisamment et, surtout, pas assez clairement protégée, et une première tentative a été faite par M. Bozérian, sénateur, qui vient de présenter un projet de loi complet sur les dessins et modèles industriels.

Nous croyons que le peu d'empressement qu'ont montré, en général, nos législateurs à prendre résolûment en mains la révision de nos législations en matière de propriété industrielle, tient surtout à la difficulté qu'ils ont éprouvée à se fixer sur la valeur pratique des différents systèmes mis en avant, et dont certains, en effet, dénotent l'absence absolue de connaissance pratique de l'industrie, de ses besoins et des exigences qui naissent des relations qu'elle crée.

L'étude des diverses opinions émises dans les discussions du Congrès de Vienne par les orateurs de différentes nationalités qui y ont pris part est déjà de nature à jeter une certaine lumière au milieu de ce chaos, mais elle est insuffisante pour fixer complétement les idées au point de vue de la législation française, car il ne faut pas oublier que, la voix de la France ne s'y étant pas fait entendre, les divers vœux formulés n'ont pu tenir compte des nécessités de nos genres d'industries, de nos habitudes et de nos traditions judiciaires et administratives; cela ne veut pas dire que ces vœux leur soient contraires, mais il en résulte la nécessité de les examiner à ce point de vue.

Un seul moyen se présente donc pour traiter toutes ces grandes questions de façon à faire la lumière complète, et ce moyen, M. le Ministre de l'agriculture et du commerce le laisse entrevoir et en a indiqué bien nettement le point de départ dans l'exposé des motifs qui accompagne le décret instituant la Commission du contentieux à l'Exposition de 1878.

L'exposé des motifs s'exprime, en effet, de la manière suivante sur cette question :

« A l'Exposition de Vienne, un Congrès international s'est formé spontanément pour étudier ces graves questions. On sent de quel poids serait, au point de vue même du perfectionnement des lois protectrices de la propriété internationale, la création, sous les auspices du gouvernement français, d'un Comité composé d'hommes éminents dont les avis, recherchés par tous les inventeurs qui viendront à l'Exposition de 1878, formeraient un précieux recueil et fixeraient sur nombre de points la jurisprudence. »

La France pourrait donc continuer, en 1878, l'œuvre commencée à Vienne en 1873, et, dans une voie aussi bien tracée déjà, profitant de l'expérience de ceux qui l'y ont précédée, elle offrirait aux nations qu'elle a conviées aux luttes pacifiques de 1878 de grandes Assises qui permettraient aux idées de se fixer sur ces grands problèmes de législation industrielle, et dont elle profiterait elle-même pour parfaire ses lois protectrices des œuvres de l'intelligence à la suite de la plus vaste et de la plus loyale des enquêtes qu'il soit donné de voir.

Ch. Thirion

DOCUMENTS PRÉLIMINAIRES

DOCUMENTS PRÉLIMINAIRES

PROGRAMME

DU CONGRÈS INTERNATIONAL

DES BREVETS D'INVENTION

TENU A L'EXPOSITION UNIVERSELLE DE VIENNE EN 1873.

Parmi les questions controversées, dans le domaine de la législation politique, figure en ce moment la question de la protection par les brevets ou, plutôt, la question de la garantie des droits de l'Inventeur.

Comme sujet de législation, son origine remonte à des siècles précédents, puisqu'en Grande-Bretagne, par exemple, le droit pour la Couronne de concéder des patentes d'invention était énergiquement défendu par la loi du Parlement de 1623; mais il y a vingt ans à peine qu'elle est devenue un objet de controverse; malgré cette date récente, elle n'en a pas moins déjà son histoire spéciale. La question de la protection par les brevets ne se borne plus à savoir quel est le mode de garantie des droits de l'inventeur qui est le meilleur, le mieux approprié à son but et le moins préjudiciable à l'intérêt général, ou à savoir si ces droits de l'inventeur peuvent être considérés comme absolument justifiés; cette question impose, plutôt, maintenant, à ceux qui s'appliquent à son étude, le devoir, d'abord, de détruire les derniers doutes et les derniers scrupules touchant le caractère pratique et l'utilité économique d'une garantie de ce genre, et, ensuite, de s'efforcer d'amener l'unification de la législation sur les brevets, laquelle est aujourd'hui aussi variée que compliquée.

L'importance de la question pendante de la garantie par les brevets ne permet pas de négliger les principaux arguments des adversaires de cette garantie. Il existe aujourd'hui un mouvement opposé aux brevets, qui, depuis 1860, a pris trop d'extension et dont les causes, ou au moins quelques-unes d'entre elles, touchent trop à des idées qui sont généralement consacrées par le progès économique de notre époque, pour qu'il soit encore possible de se contenter, comme précédemment, d'une solution incomplète du problème.

Abolition complète des brevets d'invention, telle est la devise des adversaires de la protection ; protection au moyen de brevets, maintien et amélioration de la législation existante, en la rendant simple, s'il est possible, et cela par une entente internationale, voilà le mot d'ordre du parti opposé.

L'état actuel de la législation sur les brevets, dans les pays les plus éclairés et les plus progressifs, montre de quel côté se trouve la majorité: si l'on excepte la Suisse et, avec elle, la Hollande, qui a récemment aboli sa loi sur les brevets, les lois de tous les pays industriels reconnaissent aujourd'hui la nécessité d'une protection par les brevets; et l'histoire du régime des brevets pendant ces vingt dernières années est une preuve continuelle de la tendance des divers gouvernements, non pas à abolir graduellement, mais à réformer sur tous les points la protection par les brevets, en vue, spécialement, de faire disparaître les inconvénients qui résultent d'une limitation territoriale des brevets accordés.

D'ailleurs, tous les systèmes, même ceux proposés par les partisans de la protection par brevets, s'accordent invariablement et sans exception à reconnaître que la garantie des droits des inventeurs a besoin d'être pratiquée sous une forme nouvelle, tenant compte des changements qui se sont produits dans les relations commerciales internationales, et à reconnaître aussi que la solution de cette question de la réforme ne doit plus être cherchée séparément par chacun des États faisant partie du vaste champ du Commerce international, mais, bien plutôt, qu'une solution complète, commune à tous les États, doit être obtenue par une entente internationale.

Cette œuvre de réforme exige d'autant plus cette unanimité, que la limitation territoriale actuelle des brevets d'invention est un des plus grands défauts du régime existant, et que, dans l'état où en sont les choses, les jours de la protection par brevets sur le Continent sont comptés, si l'on ne parvient pas à établir une réglementation universelle et à l'introduire dans la législation des nations.

Nous ne vivons plus au temps où l'action industrielle était confinée strictement et échappait à la concurrence étrangère, et où la lenteur des communications empêchait ou retardait l'emploi des inventions. Nous sommes à une époque de régime douanier libéral; la vapeur et l'électricité ont, depuis peu, relié d'une façon que l'on n'aurait pas même rêvée des centres d'industrie isolés naguère, et l'échange des produits a pris une extension que la génération précédente n'aurait pas imaginée.

En raison d'une modification aussi importante dans la nature des relations, un brevet accordé pour une invention dans un pays devient, en fait, une restriction non profitable et gênante, si, dans un pays voisin, la même invention tombe dans le domaine public, s'y exploite librement et s'y vend sans surélévation de prix. L'artisan qui, dans le premier de ces pays, a besoin d'employer, comme un des éléments de son travail, ce qui y fait l'objet d'un brevet et se vend, par conséquent, plus cher, subira un grave préjudice, si ce même élément est produit dans le second pays, non-seulement sans entraves, mais dans des conditions constituant une sérieuse concurrence pour lui. D'un autre côté, la prolongation des errements suivis jusqu'ici ne serait pas de nature à maintenir l'harmonie générale; et si, par exemple, la protection au moyen de brevets était conservée dans un pays, de manière à y attirer les ouvriers d'un autre, il pourrait y avoir bientôt à craindre que l'équilibre industriel international ne fût rompu. Ces inconvénients et d'autres analogues ne peuvent être évités que par une action commune de tous les États civilisés partisans du maintien de la protection par les brevets.

La solution de ce problème peut être aussi difficile que pénible, mais il n'a jamais été prouvé qu'elle fût impossible, et l'importance de la question mérite, dans tous les cas, les efforts qu'on lui consacrera.

Or, quelle meilleure occasion peut-on trouver pour faire ces tentatives que celle où la partie travaillante de l'humanité vient de tous les points du monde pour se rencontrer dans une lutte pacifique, où les hommes de science, les praticiens, les artisans scientifiques et les économistes politiques, les représentants de la plus grande industrie comme ceux des métiers les plus humbles, s'assemblent pour témoigner du haut degré de culture auquel l'éducation, le travail et l'esprit inventif ont amené la race humaine!

L'Exposition de Vienne de 1873, destinée à montrer le progrès universel de la culture des esprits, paraît être tout particulièrement l'occasion de rendre hommage à l'esprit d'invention, même avec la législation moderne, et d'inaugurer l'ère d'une codification nouvelle et universelle des droits des inventeurs. Si l'on avait pu avoir quelques doutes au sujet de la connexité de ces droits avec le but et les fins d'une exposition universelle de ce genre, ces doutes auraient disparu devant l'enseignement fourni par les expositions précédentes. La nouvelle législation sur les brevets adoptée en Angleterre est le résultat immédiat des expositions tenues à Londres en 1851 et en 1862, et, d'un autre côté, les expositions de Paris de 1855 et de 1867 ont amené, comme chacun le sait, les lois de protection temporaire, que l'on a cru devoir imiter dans les mesures préparatoires prises en vue de l'Exposition universelle de Vienne de 1873 (loi du 13 novembre 1872).

Par les considérations ci-dessus, et sur la proposition du gouvernement des États-Unis d'Amérique, la Direction générale de l'Exposition universelle se propose d'adjoindre à l'Exposition un Congrès international, qui examinera la question des brevets. Dans le cas où ces débats, comme on peut le prévoir, aboutiraient à un vote en faveur de la protection par les brevets, le Congrès aura alors pour tâche, en s'éclairant de l'expérience des diverses nations, ainsi que des matériaux qu'il aura réunis, de rédiger une déclaration indiquant les principes fondamentaux d'après lesquels devrait être effectuée une réforme internationale de la législation sur les brevets.

Le Congrès international pour l'étude de la question de la protection par les brevets se tiendra après le jugement du Jury, les 4, 5 et 6 août 1873, et conformément au règlement ci-après :

1° Les manufacturiers, artisans scientifiques, économistes et autres personnes expertes pourront participer au Congrès et prendre part, tant à ses délibérations plénières et à ses délibérations par sections, qu'aux décisions qu'il prendra.

2° Les demandes de participation au Congrès devront être adressées aux Commissaires de chaque pays à l'Exposition. Ces demandes seront communiquées par les Commissions (au plus tard, fin juin 1873) au Directeur Général de l'Exposition universelle, et des cartes de membre seront délivrées aux demandeurs.

3° Les gouvernements des pays exposants pourront se faire représenter au Congrès par des délégués spéciaux.

4° Au siége de la Direction Générale, il sera créé un Comité de préparation, chargé de préparer les matériaux à soumettre au Congrès, d'élaborer un questionnaire, et généralement de faire tout le travail préparatoire en vue de l'ouverture du Congrès.

5° Le directeur général de l'Exposition universelle ouvrira le Congrès.

Le Congrès choisira ensuite parmi ses membres le président et le bureau, fixera l'ordre du jour de ses travaux, et procédera alors à un examen général de la question de la protection par les brevets.

Les décisions du Congrès seront communiquées aux divers gouvernements par les soins de leurs commissions respectives.

6° La langue adoptée pour le Congrès est la langue allemande, mais l'anglais, le français et l'italien pourront aussi être employés.

7° Toutes communications écrites, ouvrages et propositions, relatifs au Congrès International pour l'étude de la protection par les brevets, doivent être adressés au Directeur Général jusqu'au moment de l'ouverture du Congrès, et au bureau de celui-ci quand sa session sera ouverte.

42, Praterstrasse, mars 1873, Vienne.

Le Président de la Commission Impériale :
ARCHIDUC RÉGNIER.

Le Directeur Général :
BARON von SCHWARTZ-SENBORN.

COMPOSITION DU BUREAU ET MEMBRES

DU

CONGRÈS INTERNATIONAL DES BREVETS

TENU A VIENNE EN 1873

PRÉSIDENT HONORAIRE.

Baron von Schwartz-Senborn, de Vienne.

PRÉSIDENT.

Dr C.-W. Siemens, membre de la Société royale, etc., etc., de Londres.

VICE-PRÉSIDENTS.

W. Ritter v. Engerth, de Vienne.
Hamilton A. Hill, de Boston (États-Unis d'Amérique).
Eugen Langen, de Cologne.
Dr F.-X. Neumann, de Vienne.
Dr Werner Siemens, de Berlin.
Thomas Webster, conseiller de la Reine, membre de la Société royale, de Londres.

SECRÉTAIRE GÉNÉRAL.

Carl Pieper, ingénieur civil, de Dresde.

SECRÉTAIRES.

Professeur Blake, de New-Haven (États-Unis).
Professeur Exner, de Mariabrunn.
F. Kaupé, ingénieur civil, de Saint-Pétersbourg.
Dr Carl Ratkowsky, de Vienne.
Dr Franz von Rosas, de Vienne.
Dr Rosenthal, de Cologne.

COMITÉ PRÉPARATOIRE.

André, Dr.
Bauer, Dr.
Blake, professeur.
Brachelli.
Engerth (W. Ritter von).
Grothe (Herm.), Dr.
Hartig, Dr, professeur.
Haseltine (G.), Dr.
Hill (Hamilton A.).
Jannasch, Dr.
Jenny, Dr.
Kaupé (F.).
Klostermann, Dr.
Langen (Eug.), ingénieur civil.
Neuwirth (J.).
Pieper (Carl.), ingénieur civil.
Ratkowsky, Dr.
Reuleaux (G.).
Rosas (von), Dr.
Rosenthal, Dr.
Schwartz, Dr.
Siemens (C.-W.), Dr.
Siemens (Werner), Dr.
Webster (Thomas).
Weinmann (Fr.), Dr.

DÉLÉGUÉS ET REPRÉSENTANTS.

Aureliano (P.-S).	Roumanie.
Baumhauer, Dr (E. A. von).	Hollande.
Codazza (Giovanni), le commandeur.	Italie.
Fraenkel (E.).	Suède.
Klostermann, professeur, Dr.	Prusse.
Metaxa (Themistokles).	Grèce.
Ott (Adolf).	Suisse.
Porto (Seguro).	Brésil.
Thacher (J.-M.), l'honorable.	États-Unis d'Amérique.
Vischer (R.).	Wurtemberg.
Webster (Thomas), conseiller de la Reine, membre de la Société royale.	Grande-Bretagne.

MEMBRES DU CONGRÈS PRÉSENTS A VIENNE.

Ammermüller (le Dr), fabricant à Stuttgart.

André, docteur en droit, syndic à Osnabrück, représentant de l'Union d'ingénieurs allemands.

Arenstein (le Dr), à Vienne.

Avery (John G.), à Spencer, Massachusetts (États-Unis).

Aureliano (P.-S.), représentant du Gouvernement roumain.

Baumhauer (E.-A. von, le Dr), professeur et rapporteur du Gouvernement des Pays-Bas.

Bigelow (Lambert), fabricant à Worcester (Amérique septentrionale).

Blake (W.-P.), ingénieur des mines, à New-Haven (États-Unis).

Blakey (George), à Londres.

Bochkoltz (August), inspecteur général de la Compagnie privilégiée impériale-royale du chemin de fer de l'État, à Vienne.

Bode (M.), fabricant à Vienne.

Borszéky (Soma), à Pesth.
Böcke (F.), ingénieur et directeur à New-York.
Boteler (C.-M.), à Washington (États-Unis).
Brecht (T.), examinateur-adjoint au Patent Office, à Washington.
Brewer (Eben.) Westfield, New-York.

Christy (Stephen), à Londres.
Codazza (Giovanni, le commandeur), représentant du Gouvernement italien.
Collyer (Robert, le Dr), représentant de "l'Inventors' Institute", à Londres.

Daimler (G.), directeur de la fabrique des moteurs à gaz, à Deutz, près Cologne.
Diefenbach, conseiller du Gouvernement royal de Wurtemberg, à Stuttgart.
Diethelm (Carl), ingénieur à Saint-Gallen.
Draxler (Frank), à Mobile, Alabama (États-Unis).

Egan (Alfred), ingénieur en chef du chemin de fer de la Theiss à Ofen.
Engerth (W., chevalier de), conseiller de la Cour, directeur général du chemin de fer de l'État, à Vienne.
Ewan (M.), à Londres.
Exner (W.-F.), professeur, Dr, à Mariabrunn.

Fairfield (Geo., A.), à Hartford (États-Unis).
Fraenkel (E.), directeur du chemin de fer de l'État, représentan du Gouvernement suédois.
Friedmann (Alexander), ingénieur à Vienne.
Frölich (Julius), ingénieur à Landsberg s. W.

Görz (Joseph), ingénieur à Mayence.
Gans (Albert), à Vienne.
Gilgenheimb (le baron de), à Weidenau (Silésie autrichienne).
Gottheil (Edward), ingénieur civil, à la Nouvelle-Orléans.
Gottheil (R.), agent de brevets, à Berlin.
Graves (Gustave), à Bruxelles.
Groth (L.-A.), à Stockholm.
Grothe (H., le Dr), rédacteur du Journal polytechnique allemand, à Berlin.
Grüneberg (H., le Dr), à Kalk, près Cologne.

Hall (Henry L.), à Chicago (États-Unis).
Hall (Thomas), à Northampton, Massachusetts (États-Unis).

Hammond (Eduard), rapporteur à Boston (États-Unis).
Hartig (Dr), professeur, membre de la Commission des patentes en Saxe, à Dresde.
Haseltine (Geo.), docteur des lois, à Londres.
Hatschek (M.), à Vienne.
Hauthoway (C.-L.), à Boston.
Herrmann (Max), ingénieur à Dresde.
Hill (Hamilton, A.), à Boston.
Hinze (W.), ingénieur en chef à Wilhelmshofen.
Hoffmann (Francis), ingénieur, à Plancher-les-Mines (France).
Hoffmann (F.), architecte, à Berlin.
Hoffmann-Linke (Max), à Leipzig.
Hornig (Émil), Dr, professeur, à Vienne.
Hottchkiss (B.-B.), à Paris.
Howe (G.-H.), à Cleveland, Ohio (États-Unis).
Howie (J.-J.), à Londres.
Höppner (Th.), ingénieur à Liegnitz.

Jacovenco (Paul), à Odessa.
Jannasch, docteur en droit, à Proskau.
Jenny, ingénieur des mines impériales-royales, à Vienne.
Jenoure (A.), ingénieur civil, à Ivycross, Kew, Londres.
Joy (A.-Ch.), professeur de chimie, à New-York.

Karmarsch, Dr, professeur, conseiller secret du Gouvernement, à Hanovre.
Karop (Eduard), ingénieur, à Vienne.
Kaupé (Frédéric), ingénieur, à Saint-Pétersbourg.
Kiddo (J.-B.), de l'armée des États-Unis.
Klostermann, Dr, professeur, directeur et ingénieur en chef des mines, à Bonn.
Környei (Eduard,) Dr, avocat, à Pesth.
Kraft (J.), ingénieur de la fabrique des wagons « Rathgeber », à Munich.
Kraus (Jacob), à Pesth.
Kreith (Franz, von), Dr, avocat, à Vienne.

Langen (Eugen), à Cologne, président de l'Union allemande des ingénieurs.
Lonszky (Adolph), à Pesth.

Marchet (Gustave), Dr, professeur à l'École professionnelle, à Mariabrunn.
Mayet (P.), à Berlin.
Mehlis (G.), directeur de la fabrique des machines « Cyclop », à Berlin.

Meigs (Joe. W.), à Massachusetts (Amérique septentrionale).
Metaxa (Themistokles, chevalier de), représentant du Gouvernement royal de Grèce.
Mintzer (S.-J.-V.), Dr, à Philadelphie.
Munson (H.-T.), examinateur au Patent Office de Washington.
Muller (Moritz), rédacteur de l'« Engineering », à Londres.
Myers (A.-G.), ingénieur, directeur de la Société propagatrice de l'industrie américaine, à New-York.

Nagel (A.-L.), ingénieur et propriétaire de fabriques, à Hambourg.
Neumann (F.-X.), Dr, professeur, à Vienne.
Neumann (A.), à Weidenau (Silésie autrichienne).
Neupauer (Joseph), Dr, avocat à la Cour de cassation, à Vienne.
Neuwirth (J.), auteur, à Vienne.
Nieberding, conseiller d'État à la chancellerie, à Berlin.

Offermann (Carl, chevalier de), propriétaire de fabriques, à Brünn.
Ohm (C.), représentant de l'Union industrielle du pays de Hongrie, à Pesth.
Oncken (Aug.), Dr, à Vienne.
Ott (Adolf), représentant du Gouvernement suisse, à Berne.

Paget (C.-O.), ingénieur, à Vienne.
Paget (Eduard), fabricant, à Vienne.
Paget (F.-A.), ingénieur, à Londres.
Paget (F.), fabricant, à Vienne.
Philipps (W.) (Thom. Bradford et Comp.), Manchester.
Pieper (Carl), ingénieur civil (Office international des brevets d'invention), à Dresde.
Pisling, Dr, auteur, à Vienne.
Pollmann (Ignaz), capitaine en retraite, à Tulln.
Potocky (comte A. de), à Vienne.

Raetke (Heinrich), agent de brevets, à Berlin.
Ratkowsky (M.), Dr, préfet de justice au Theresianum impérial-royal, à Vienne.
Raymond (R.-W.), Dr, à New-York.
Rayner (W.-H.), de la « Wilson Sewing Machine Co », Ohio (États-Unis).
Reifer (J.-J.), ingénieur à Winterthur.
Reitlinger (Edmund), Dr, professeur impérial-royal, à Vienne.
Remington (Samuel), propriétaire de fabriques, à Ilion (New-York).
Reuleann (Carl), ingénieur, à Turin.

Reuleaux, Dr, professeur, conseiller secret du Gouvernement, à Berlin.

Ritz (Louis), à Cincinnati, Ohio (États-Unis).

Rollins (J.-G.), ingénieur, à Londres.

Rosas (Franz, baron de), Dr, conseiller de finances, à Vienne.

Rosenthal, Dr, à Cologne, représentant de l'Union d'ingénieurs allemands.

Rühlmann, Dr, professeur, à Hanovre.

Ruston (F.-S.), propriétaire de fabriques, à Lincoln.

Sachsenberg (G.), propriétaire de fabriques, à Rosslau-sur-Elbe.

Schmidt (Eduard), Dr, ingénieur civil, à Vienne.

Schneider (B.), conseiller du Gouvernement, Dr, à Dresde.

Schupp (Wilhelm), conseiller ministériel à Carlsruhe.

Schwartz-Senborn (baron de), directeur général de l'Exposition.

Schwendler (Louis), électricien surintendant des télégraphes du Gouvernement, à Calcutta.

Scott-Moncrieff (W.-D.), à Glasgow.

Siehmon (A.), ingénieur, à Pesth.

Siemens (Werner), Dr, propriétaire de fabriques, à Berlin.

Siemens (C.-William), docteur en droit civil, membre de la Société royale, président de l'« Institution of Mechanical Engineers », à Londres.

Sommerfeld (Wilhelm), rédacteur de « l'Économiste autrichien », à Vienne.

Steding (Alexander), à Moscou.

Steenberg (A.), rédacteur de « l'Industri-Tidende » et agent de brevets, à Copenhague.

Steinbes (de), Dr, Excellence, président de l'École centrale de l'industrie et du commerce, à Stuttgart.

Steiner (Julius), ingénieur mécanicien, à Chemnitz.

Suess (Friedrich), professeur impérial-royal, à Vienne.

Szabel (Albert, chevalier de), à Ollmütz.

Traunn (Heinrich), Dr, fabricant, délégué de la Chambre de l'industrie et du commerce, à Hambourg.

Vischer, conseiller du Gouvernement, à Stuttgart, représentant du Gouvernement royal de Wurtemberg.

Wagener (G.), Dr, représentant de la Commission de l'Exposition du Japon.

Wagner (Lad. de), professeur à l'École polytechnique, à Pesth.

Walcher-Moltheim (de), consul général impérial-royal, à Paris.

Walkhoff (J.-H.), ingénieur et fabricant, à Hambourg.

Wanzer (R.-N.), propriétaire de fabriques, au Canada.

Warth (Albin), fabricant à Stapleton (États-Unis).
Webster (Thomas), à Londres, conseiller de la Reine, délégué du Gouvernement anglais.
Wheeler (C.-Gilbert), Dr en philosophie, professeur à Chicago (États-Unis).
Weinmann (Fr.-D.), Dr, à Londres, rapporteur de la Commission de l'Exposition anglaise.
Weiss (C.), ingénieur de la fabrique de locomotives Krauss et Cie, à Munich.
Whitney (Buxter), Dr, Massachusetts (États-Unis).
Wilder (G.-S.), à Chattanooga, Tennessee (États-Unis).
Winkelmann (E.), à Vienne.
Wirth (Franz), rédacteur de l'« Arbeitgeber », à Francfort-sur-Mein.
Woods (Geo. H.), fabricant, à New-York (États-Unis).
Woods, représentant de la maison Wheeler et Wilson, à Vienne.
Wolf (R.-L.), à Vienne.
Wolff, mécanicien en chef, à Oldenbourg.
Zimmermann (J.-F.), fabricant, à Hanau.

AUTRES MEMBRES DU CONGRÈS.

Ashton (William), ingénieur civil, à Manchester.

Backes, Dr, président de l'Union industrielle, à Cologne.
Bell (Th.), fabricant de machines, à Kriens.
Benze (Léopold), directeur de la fabrique de wagons, à Hernals, près Vienne.
Bergman (S.), propriétaire de fabrique, à Hattingen.
Bergner (Theod.), fabricant à Philadelphie.
Beurle (Chr.), à Vienne.
Blakey (George), à Londres.
De Bruyn-Kops, à Francfort-sur-Mein.
Buser (Tr.), ingénieur, à Moscou.

Carow (Julius), fabrique de machines, à Prague.
Clauss (J.-C.), Union de constructions de machines, à Chemnitz.
Cox (H.), représentant de la maison De Bergue and Co, à Manchester.

Drake (Edward) (J. et F. Howard), à Bedford.

Elbers (Éduard), propriétaire d'usines, à Hagen.

Eyth (Max), ingénieur, à Leeds.
Findeisen (C.-H.), propriétaire de fabriques, à Chemnitz.
Freeden (von), directeur de la marine, à Hambourg.
Funcke (Wilhelm), propriétaire de fabriques, à Hagen.

Grahl (R.), directeur de la fabrique de fonte saxonne, à Dohlen.
Gruber (von), directeur à Pecek (Prague).
Gruson (H.), conseiller de commerce, propriétaire d'usines, à Buckau.
Guzzi, ingénieur à Milan.

Heine (W., général), à Dresde.
Heinrich (F.), Mathausgasse, 13, à Vienne.

Jahnel (Martin), directeur de la Compagnie des bateaux à vapeur et à voile de Prague.

Kaemp, ingénieur, propriétaire de fabriques, à Hambourg.
Kellner, directeur de la fabrique de bateaux et de machines, à Dresde (Saxe).
Klauke (Alex.), ingénieur, à Dusseldorf.
Kraft (J.), ingénieur en chef, Société Cockerill, à Seraing.
Kraut, Dr, professeur, à Hanovre.

Lange (Carl W.), propriétaire de fabriques, à Essen.
Langen (O.), propriétaire de fabriques, à Vienne.
Liernur, capitaine ingénieur, à Francfort-sur-Mein.
Lincke, professeur à l'École polytechnique, à Darmstadt.

Mond (L.), propriétaire de fabriques et chimiste, à Farnworth (Angleterre).
Müller (Ch. G.), fabricant de machines, à Hanovre.

Nobak (Gustav), ingénieur et propriétaire de fabriques, à Prague.

Platt, propriétaire de fabriques, à Oldham.

Rautenbach (C.), ingénieur civil, à Cologne.
Ravizza, ingénieur, Office de brevets d'invention, à Milan.
Reith (E.), fabrique de machines, à Chemnitz (Saxe).
Rost (C.-E.), propriétaire de fabriques de machines, à Dresde.

Schmalz (Aug.), fabricant de machines, à Offenbach.
Schulze (Jul.), secrétaire de la Chambre de commerce, à Mayence.
Siemens (Friedrich), fabricant de verres, à Dresde.
Springmann (Th.), propriétaire de fabriques, à Hagen.
Storey (John), ingénieur-constructeur et fabricant, à Manchester.

Toepffer (R.), ingénieur, à Magdebourg.
Trapper, directeur, à Wetter-sur-Ruhr.
Turner, propriétaire de fabriques, à Hanovre.

Valentin S. (M. Webers), propriétaire de fabriques, à Berlin.

Weiss, Dr, professeur à l'École polytechnique, à Dresde.

Zimmermann (F.), à Halle-sur-Sauer.

RAPPORT

DE

Mr. THOMAS WEBSTER

RAPPORT

DE

Mr. THOMAS WEBSTER

CONSEILLER DE LA REINE

SUR

LE CONGRÈS INTERNATIONAL

DES BREVETS D'INVENTION

TENU A L'EXPOSITION INTERNATIONALE DE VIENNE

EN 1873

Plaise a Votre Altesse Royale :

Conformément aux instructions reçues de la Commission Royale de l'Exposition universelle de Vienne, présidée par Votre Altesse Royale, et sur l'invitation du baron von Schwartz-Senborn, Directeur général de l'Exposition, j'ai assisté et pris part au Congrès tenu à Vienne pour l'examen des questions relatives à la protection des inventions par des brevets.

Les Expositions ont une connexité avec les revendications et les droits des inventeurs.

Dans l'état présent des lois concernant les inventeurs et leurs inventions, le retour de chaque Exposition de l'industrie de tous les pays amène et, en fait, nécessite un examen des revendications et des droits des inventeurs en arts industriels. Les revendications des inventeurs doivent être soigneusement distinguées de leurs droits : les premières expriment les vues individuelles de certains inventeurs ou des avocats de ce qu'on a appelé les droits naturels des inventeurs; les derniers représentent les vues de l'État sur la question de savoir quels droits doivent être accordés aux inventeurs. Le droit naturel d'un inventeur est le droit de garder pour lui-même ce dont il est seul en possession et d'en faire en secret tel usage qu'il lui est possible; aucun droit naturel n'existe pour une invention qui a été publiée. Il peut y avoir intérêt pour l'État à assurer la divulgation de l'invention; à éviter le danger que le secret ne meure avec l'inventeur; à stimuler les autres à progresser dans la même direction; et il est juste que l'inventeur, aussi bien que le metteur en œuvre d'inventions de valeur et profitables au public soit récompensé et rémunéré de son travail, de son talent et de son initiative. D'un commun accord, toutes les nations civilisées ont cru devoir, pour atteindre ces résultats, accorder à l'inventeur, pour un temps limité, un privilége exclusif sur son invention; les priviléges ainsi accordés constituent le droit des inventeurs; ils sont la création et la créature de la loi de chaque État.

Les droits sont la création de l'État.

Ces priviléges exclusifs concédés à un individu constituent la propriété dans le domaine de l'invention; de grandes différences peuvent exister dans sa création, dans son titre et dans son administration, de même que pour un autre genre de propriété.

Système antérieur à 1851.

Le système de protection qui existait dans le Royaume-Uni de Grande-Bretagne et d'Irlande avant 1851 n'était pas de nature à assurer l'exhibition de l'industrie de tous les peuples du monde, qui a été le but de la grande Exposition de 1851. Non-seulement il y avait deux brevets distincts pour l'Angleterre, l'Écosse et l'Irlande, mais encore la loi du Royaume-Uni ne reconnaissait aucun droit à un inventeur et ne lui assurait aucune propriété sur son invention, si cette dernière ne faisait pas l'objet d'un brevet, dont l'obtention était entourée de difficultés et entraînait une dépense et des retards qui, dans beaucoup de cas, s'opposaient à ce qu'il fût obtenu. Il y avait, pour ne pas dire plus, quelque chose de peu raisonnable à inviter les inventeurs à dévoiler les résultats de leurs labeurs sans qu'ils fussent garantis contre le danger de voir les autres s'en emparer.

L'invention est progressive

L'invention est essentiellement progressive; l'exhibition d'une invention qui n'eût pas été protégée efficacement au moyen d'un brevet aurait été, sous le régime de la loi alors existante, un abandon de toute prétention à des droits individuels sur cette invention; ç'aurait été une incitation aux rivaux ou aux concurrents à adopter une chose qui avait nécessité des années de travail intellectuel et manuel. On pourrait citer des cas où des inventeurs, poussés par leur esprit libéral et leur amour du bien public, ont fait l'abandon de leurs inventions, en même temps que des manufacturiers hésitaient, par délicatesse, à s'en emparer; mais l'invitation qui serait faite d'exposer de nouvelles inventions sans protection ne pourrait manquer d'échouer ou d'être nuisible à l'esprit de progrès, qui est une condition essentielle pour le succès complet d'une exposition de l'industrie de tous les pays; et l'on ne peut pas espérer, d'une manière générale, que les inventeurs exposeront de nouvelles inventions qui ne seraient pas garanties par un brevet, ni que les manufacturiers s'abstiendront de copier des inventions non brevetées et abandonnées par leurs auteurs à l'humanité tout entière.

Exhibition sans protection.

Effets de l'Exposition de 1851.

La grande Exposition de 1851 mit si bien en lumière et rendit si importantes ces considérations, que le pouvoir législatif fut amené à donner une protection temporaire aux inventions brevetables figurant à l'Exposition des Travaux de l'Industrie de tous les peuples et à faire du même principe la base d'une nouvelle loi sur les brevets. La protection temporaire ainsi créée fut ensuite appliquée au nouveau régime de brevets adopté pour le Royaume-Uni tout entier. Cette reconnaissance des revendications d'un inventeur sur une invention non protégée de fait par un brevet a rencontré l'approbation universelle.

Protection temporaire.

La protection temporaire fut aussi appliquée lors des Expositions de Paris de 1855 et de 1867 et de l'Exposition de Londres de 1862, et donna des résultats très-importants.

Adoption de la protection temporaire.

L'annonce d'une Exposition universelle à Vienne fut suivie d'une loi spéciale de l'Empire Austro-Hongrois, datée du 13 novembre 1872 et accordant une protection temporaire à tout habitant de l'Empire Austro-Hongrois ou d'un pays étranger, qui exposerait un objet susceptible d'être protégé par un brevet ou par un dépôt de marque ou de dessin de fabrique. C'est là la plus grande extension qu'aucune Puissance ait donnée au principe de la protection temporaire, que l'on a étendu dans ce cas aux dessins et marques de fabrique aussi bien qu'aux inventions, en reconnaissant ainsi toutes les formes que le travail intellectuel peut revêtir dans les arts industriels : produit, moyen ou méthode de production, but ornemental, but d'utilité, ou signe distinctif d'un producteur ou fabricant déterminé, ou d'un produit spécial dans les arts industriels.

Exposition de Vienne.

Extension de la protection temporaire.

C'est ainsi que chaque nation civilisée, quand l'occasion s'en est offerte, a donné une protection à l'inventeur de produits ou de moyens de production nouveaux et utiles, se rattachant aux arts industriels, et reconnu sa propriété à cet égard, ou, en d'autres termes, a admis la propriété aussi bien pour le travail intellectuel que pour le travail physique qui ont pu contribuer à ces résultats.

Autres résultats.

Cependant, les résultats de semblables expositions ne se sont pas bornés à cela. L'expérience des exposants conduisit à reconnaître que les lois de la plupart des pays ne sont pas suffisantes, non-seulement dans l'intérêt de l'inventeur, mais aussi dans l'intérêt de l'État. On a donc profité de l'occasion fournie par la réunion de tant de personnes intéressées à la question des inventions, pour examiner les principes et le fonctionnement du système de protection au moyen de brevets adopté dans chaque pays.

Action commune des inventeurs.

Les inventeurs appartenant au Royaume-Uni de Grande-Bretagne et d'Irlande et aux États-Unis d'Amérique avaient un terrain commun d'union et de coopération, en demandant, pour eux-mêmes et pour les autres nations, l'adoption d'un système de brevets semblable aux systèmes que l'on considère comme ayant tant contribué au développement de l'industrie nationale dans leurs pays respectifs.

Inventions importées.

A la considération qui avait amené une législation spéciale en Grande-Bretagne lors de la grande Exposition de 1851, il s'en ajouta d'autres lors de l'Exposition de Vienne, en raison du système de brevets de l'Autriche-Hongrie et autres puissances. Une partie de la politique des États consiste à encourager l'importation ou l'application d'inventions provenant des autres pays, en soumettant, toutefois, cette importation à la condition que ces inventions soient exploitées dans le pays, afin de provoquer, à l'intérieur, la fondation d'établissements manufacturiers et l'application de capitaux, de manière que les produits de l'industrie puissent y être créés, au lieu d'être importés de l'étranger. Dans ces quelques dernières années, il s'est établi un commerce d'importation rapidement croissant sur les articles faisant l'objet d'une protection ou d'un droit de brevet dans les pays d'où ils étaient exportés.

Concurrence.

Une concurrence s'est aussi établie entre les fabricants des pays d'importation et des pays d'exportation, les premiers tirant avantage de l'absence de protection dans les pays où les inventions sont ainsi importées.

Une Exposition de l'industrie de tous les peuples, dans laquelle les exposants seraient protégés pour leurs inventions dans leur propre pays, mais ne seraient pas protégés pour celles qu'ils exhiberaient pour la première fois dans cette Exposition, faciliterait et provoquerait une concurrence à leur détriment pour les inventions mêmes sur lesquelles leur commerce repose. Il fallait faire disparaître cet obstacle à une Exposition complète de l'industrie de tous les pays, obstacle qui, dans les circonstances existantes, était pratiquement plus sérieux que celui qui avait été reconnu au sujet de la grande Exposition de 1851. C'est ce que la loi austro-hongroise de 1872, citée plus haut, eut pour but d'accomplir.

Vues des promoteurs de l'Exposition de Vienne.

Les fondateurs et promoteurs de l'Exposition de Vienne ne s'arrêtèrent pas là : ils encouragèrent un examen complet de la question de la protection au moyen de brevets, afin de décider si, dans l'interêt de l'État, la prétention des inventeurs à acquérir un droit exclusif sur leurs inventions devait être admise, et si, dans le cas de l'affirmative, le système existant, consistant à accorder une propriété sur ces inventions, était le meilleur pour l'inventeur et pour l'État.

Le Congrès des Brevets de Vienne fut établi d'après un programme arrêté en mars 1873 par l'archiduc Regnier, président, et le baron von Schwartz-Senborn, Directeur général de l'Exposition. Programme du Congrès des brevets tenu à Vienne.

Ce programme signalait la question de la protection par brevets ou, en d'autres termes, de la propriété en matière d'inventions se rapportant aux arts industriels, comme étant une des questions de législation politico-économique qui étaient controversées, et comme méritant une attention particulière à notre époque et spécialement dans une circonstance où un corps si important d'hommes penseurs et industrieux, travailleurs de l'art, de l'industrie et de la science, allait s'assembler pour témoigner du haut degré de culture auquel l'éducation et le labeur intellectuel avaient amené et amenaient tous les jours la race humaine.

Le programme émet ces propositions : Programme du Congrès des brevets.

« Que, malgré le nombre d'années depuis lequel la protection de la propriété en matière d'inventions a été admise par les nations civilisées, il ne s'est élevé de controverse que dans ces dernières années sur la question de savoir si elle est de bonne politique ; que, bien qu'étant si récente, cette controverse a une histoire qui lui est propre et qui résulte : de la reconnaissance des principes du commerce libre, sanctionnée par l'adoption d'un régime douanier libéral ; — des résultats qu'ont produits la vapeur et l'électricité en mettant en communication des siéges d'industrie isolés et en favorisant l'échange des matières et des produits, ainsi que les communications de tous les peuples entre eux ; — des conséquences de la Progrès de l'industrie et de la science.

concurrence restreinte de travail, de talent et de capital, établie dans les pays qui admettent et pratiquent la protection par les brevets, et de la concurrence sans limites existant dans les pays qui n'admettent pas ou ne pratiquent pas cette protection; — de l'influence perturbatrice due à ce que le travail éclairé déserte les pays qui ne jouissent pas d'une protection de ce genre;—de l'attraction et de la concentration du travail éclairé dans les pays où cette protection existe; »

Les brevets sont menacés.

« Que la question n'est plus seulement d'examiner comment le droit de l'inventeur doit être reconnu et protégé pour l'être de la façon la plus conforme à son intérêt et à la convenance générale du public; que ce droit même est attaqué et que les partisans de cette protection et de cette propriété ont maintenant le devoir de lever les doutes et les scrupules qui existent, touchant la possibilité d'application et l'utilité économique de cette protection et de cette propriété; »

Abolition ou réforme.

« Qu'il existe deux camps, dont l'un a pour mot d'ordre l'abolition complète de la protection par brevets, et l'autre son maintien avec une réforme; que cette réforme ne doit plus être enfermée dans certaines limites territoriales, dans certains pays, mais doit consister à déterminer, par une condensation des systèmes de brevets de tous les pays, certains principes généraux qui devront former un terrain commun pour édifier un système international. »

Difficultés de la question.

Les auteurs de ce programme ne se dissimulèrent pas que la solution du problème serait difficile à atteindre; mais ils étaient soutenus par la pensée qu'on n'avait jamais prouvé qu'il fût insoluble; que le but poursuivi et les résultats à obtenir méritaient la peine qu'on s'en occupât; que la grande Exposition de 1851 avait eu pour effet d'éveiller vivement l'attention sur les défauts du système de brevets appliqué en Angleterre et d'amener l'adoption d'une protection temporaire pour ceux qui exposaient de nouvelles inventions; puis d'amener la législation de 1852; que, lors des Expositions ultérieures tenues à Paris en 1855 et 1867 et à Londres en 1862, et dans les lois qui ont préparé l'Exposition Universelle de Vienne de 1873, ce même principe d'une protection temporaire avait été adopté.

Ère nouvelle pour les inventions.

Les auteurs de ce programme pensèrent que l'Exposition de Vienne de 1873, destinée à rendre palpable le progrès universel de l'éducation, serait tout particulièrement une occasion de rendre hommage à l'esprit d'invention, d'une manière conforme aux exigences des temps actuels et d'après les vues de la législation moderne, et que, comme la Grande Exposition de 1851, elle ouvrirait l'ère de la codification des droits des inventeurs.

Lien du Congrès des Brevets avec les Expositions.

Conformément à ces vues, et soutenus qu'ils étaient par le gouvernement des Etats-Unis d'Amérique, les principaux promoteurs de l'Exposition Universelle de Vienne proposèrent d'adjoindre à l'Exposition un congrès spécialement consacré à discuter la question des brevets et demandèrent que ce congrès, dans le cas d'un vote favorable à la protection au moyen de brevets, fît, en prenant pour base de ses travaux l'expérience des nations qui se trouvaient représentées et les matériaux qui étaient réunis, une déclaration posant les principes fondamentaux d'une réforme internationale de la législation sur les brevets. Le congrès devait se composer d'artisans, de manufacturiers, d'économistes politiques et d'experts en arts industriels, les gouvernements des pays exposants ayant, en outre, la faculté de se faire représenter au Congrès par des délégués spéciaux.

Application du mot international.

Par suite d'une appréhension du mot « international », que l'on paraît avoir supposé s'appliquer au caractère du Congrès plutôt qu'à son but, lequel était l'établissement d'une loi ou d'un système international de brevets, il s'éleva des difficultés pour la nomination, conformément aux prévisions du programme, de délégués spéciaux des gouvernements respectifs des pays qui avaient pris part à l'Exposition ; cependant, des représentants accrédités de la plupart des pays exposants siégèrent au Congrès et servirent à constituer une large représentation de l'industrie du monde civilisé.

Comité préparatoire.

Pour aider aux travaux du Congrès, et conformément aux prévisions du programme, un comité de préparation ou Comité préparatoire fut établi au siége de la Direction générale à Vienne et fut chargé du soin de préparer les matériaux à soumettre au Congrès, d'élaborer un questionnaire, et généralement de tous les préliminaires pour l'ouverture du Congrès. A ce comité s'ajoutèrent successivement des personnes familiarisées avec les systèmes de brevets adoptés dans les pays étrangers.

Invitations.

Des invitations furent adressées par le Directeur général de l'Exposition à M. R. A. Macfie, membre du Parlement, le partisan bien connu de l'abolition des brevets et l'auteur d'un ouvrage publié sur ce sujet, au Dr Haseltine, de Londres, et à l'auteur de ce rapport. M. Macfie fut empêché, mais il envoya une communication écrite[1] qui fut lue devant le Congrès, auquel les deux derniers prirent part.

1. Voir page 131.

Autres travaux.

Il fut fait souvent allusion, dans le cours du Congrès, aux études faites à Londres, et spécialement aux recommandations du Comité d'Élite de la Chambre des Communes chargé de l'examen de la question des brevets, dans les sessions de 1871 et de 1872. Ce comité, entre autres choses, fit en mars 1872 un rapport en faveur d'un système de brevets international et d'un arrangement qui permettrait de condenser la législation et la pratique des divers pays. Le 23 juillet 1872, une députation se rendit auprès du comte Granville, pour appuyer cette recommandation et demander que l'on agît conformément à son esprit.

Rapports au Parlement.

Cette démarche eut pour conséquence la précieuse collection des rapports des secrétaires d'ambassades et de légations de Sa Majesté, sur la législation et la pratique des pays étrangers en matière d'inventions, rapports présentés aux deux Chambres du Parlement, par ordre de Sa Majesté, dans la session de 1873. L'attention de la Chambre des communes fut aussi appelée, dans la session de 1873, sur le Congrès des brevets qui allait se tenir à Vienne.

Meeting à Londres.

On profita de la présence à Londres du commissaire-adjoint des patentes d'invention aux États-Unis d'Amérique (l'honorable J.-M. Thacher) et de différentes autres personnes se rendant à Vienne, pour tenir (21 juillet 1873) un meeting d'inventeurs anglais, américains et étrangers, et d'autres personnes intéressées aux inventions, ou de leurs représentants, meeting qui fut présidé par B. Samuelson, Esq., président du Comité d'Élite de la Chambre des Communes pour les brevets d'invention, sessions de 1871 et de 1872.

Il fut résolu :

Députation envoyée au comte Granville.

« Qu'une députation serait envoyée au comte Granville pour lui représenter que, des rapports ayant été fournis par nos ambassades et légations à l'étranger au sujet des législations régissant les brevets dans les autres pays, il convenait de profiter de la réunion du Congrès des brevets à Vienne, pour donner suite à la résolution du Comité d'Élite de la Chambre des Communes chargé de s'occuper de la question des brevets dans les sessions de 1871 et 1872, résolution qui était en faveur de lois internationales sur les brevets » ;

« Qu'il serait demandé à M. Macfie, membre du Parlement, d'accompagner et d'introduire la députation. »

Dans un meeting postérieur (23 juillet 1873), il fut résolu, en outre :

Députation envoyée au ministre américain.

« Qu'une députation serait envoyée au général Schenck et lui demanderait son appui afin d'obtenir la coopération du *Foreign Office* pour seconder les vues du Congrès des brevets de Vienne, en désignant ou en reconnaissant des personnes accréditées qui prendraient part à ce Congrès. »

Dans le même meeting, on examina les différences existant entre les systèmes de brevets de l'Angleterre et de l'Amérique, dans le but de fondre ces deux systèmes.

Des circonstances indépendantes de la volonté et sur lesquelles il est inutile d'insister dans ce rapport empêchèrent d'agir dans le sens précis indiqué par les résolutions ci-dessus, mais le but principal fut atteint et des personnes se rendant au Congrès des brevets furent accréditées par leurs gouvernements respectifs auprès des représentants de ces gouvernements à Vienne.

Travaux du comité préparatoire.

Le comité préparatoire nommé suivant le vœu du programme se mit à l'œuvre avec beaucoup d'énergie et élabora une série de questions portant sur : les droits internationaux des inventeurs ; — les limites de ces droits ; — la question de savoir si ces limites devaient être internationales ou territoriales ; — la délivrance, le coût, la déchéance et la durée des brevets ; — l'administration du bureau des brevets, — et l'établissement de conventions internationales assez analogues à celles existant en matière de droit d'auteur.

Les difficultés que présentait un champ de discussion aussi vaste, — en raison des différences qui, de l'aveu même des plus ardents avocats des brevets, existent entre le brevet et le droit d'auteur, et de circonstances qui pouvaient rendre utiles des distinctions territoriales dans l'application d'un système de brevets et d'une loi fondés sur un principe commun, comme dans le cas d'un autre genre de propriété, — étaient si grandes que le programme fut restreint aux principes généraux de la loi et de son fonctionnement, et que le comité préparatoire prépara et proposa une série de résolutions et de motifs qui, après examen par le Congrès, furent adoptés sans aucun changement important en principe.

Première séance du congrès.

La première séance du Congrès fut tenue le lundi 4 août dans la chambre du jury située dans les bâtiments de l'Exposition à Vienne. Plus de deux cents cinquante personnes étaient membres inscrits du Congrès à titre personnel ou représentatif, et plus de cent cinquante assistèrent à ses séances.

Le Directeur général de l'Exposition, baron von Schwartz-Senborn, ouvrit le Congrès par quelques observations générales, présentées en allemand et aussi en anglais, sur le but du Congrès et la manière dont celui-ci devait être conduit.

Président et bureau.

Le baron fut nommé président d'honneur du Congrès, et le docteur C. W. Siemens, de Londres, président.

Les vice-présidents, secrétaires et autres membres du bureau, furent aussi nommés, et de nouveaux membres furent ajoutés au comité préparatoire.

Règlement de l'ordre des travaux.

Le programme des travaux, réglant les réunions et la discussion, fut arrêté. Il fut convenu que la discussion aurait lieu en allemand ; que l'usage des langues anglaise, française et italienne, serait admis ; que les résolutions et les amendements seraient écrits en allemand et aussi en anglais et que l'on s'en rapporterait au président du soin de répéter en anglais ou en allemand les parties de la discussion qui sembleraient essentielles. Cette tâche délicate et difficile fut accomplie par le docteur Siemens à la plus entière satisfaction des membres présents au Congrès.

Il fut donne lecture de communications émanant de Prusse, d'Italie, de Bavière, de Saxe, de Wurtemberg, de Belgique, d'Espagne, de Grèce et des États-Unis, exprimant l'approbation du but du Congrès par les gouvernements de ces pays, et leur désir de contribuer à le seconder.

Séances des 4 et 5 août.

Le Secrétaire général du Congrès des brevets, Carl Pieper, ingénieur civil, de Dresde, ouvrit la discussion générale sur la question de la protection à l'aide de brevets, par un exposé étudié de l'ensemble du sujet et des questions qu'il y aurait à examiner et à discuter.

La première résolution et les motifs sur lesquels elle s'appuyait furent ce qui suit :

Première résolution et motifs.

I. La protection des inventions doit être assurée par les lois de toutes les nations civilisées, parce que :

(*a.*) Le sens du droit chez les peuples civilisés demande la protection légale du travail intellectuel.

(*b.*) Cette protection donne, sous la condition d'une spécification et d'une publication complètes de l'invention, le seul moyen pratique de porter à la connaissance générale du public les nouvelles méthodes techniques, sans perte de temps et d'une manière exacte.

(*c.*) La protection de l'invention rend rémunérateur le travail de l'inventeur et, par cela même, encourage les hommes compétents à vouer leur temps et leurs facultés à la vulgarisation et à l'application pratique des méthodes et perfectionnements techniques nouveaux et utiles, et attire du dehors des capitaux qui, en l'absence de la protection donnée par les brevets, trouveraient à se placer ailleurs.

(*d.*) Par la publication complète, rendue obligatoire, de l'invention brevetée, les grands sacrifices de temps et d'argent que l'application technique exigerait sans cela de l'industrie de tous les pays se trouveront considérablement réduits.

(*e.*) Par la protection accordée aux inventions, le secret de fabrique, qui est un des plus grands ennemis du progrès industriel, perdra son principal soutien.

(*f.*) Les pays qui ne possèderont pas de lois

rationnelles sur les brevets auront beaucoup à souffrir, parce que ceux de leurs habitants qui seront doués d'un talent inventif émigreront vers des pays plus favorables, où leur travail soit légalement protégé.

(*g*.) L'expérience démontre que celui qui possédera un brevet fera les plus sérieux efforts pour répandre promptement son invention.

Les motifs accompagnant la résolution ci-dessus furent suggérés par le docteur Werner Siemens, en remplacement de ceux primitivement proposés par le Comité préparatoire; les deux rédactions étaient à peu près semblables, mais celle du docteur Werner Siemens fut approuvée par le Comité et adoptée par le Congrès comme donnant un meilleur terrain de discussion. Il convient de suivre l'ordre d'énonciation de ces motifs, dans le présent rapport sur la discussion.

Motifs.

Le motif « que le sens du droit chez les peuples civilisés demande la protection légale du travail intellectuel » fut mis en avant en réponse aux objections basées sur la négation complète des revendications ou des droits de l'inventeur : il avait été argué que celui-ci avait la faculté de garder son secret pour lui-même ; que la publication de ce secret serait considérée comme un abandon implicite de l'invention au domaine public ; que la science était libre pour tous; que les pays dans lesquels la protection n'existait pas avaient l'avantage de pouvoir adopter les inventions du monde entier.

L'argument basé sur ces raisons fut énergiquement combattu, et les conclusions furent rejetées comme fallacieuses, injustes et impolitiques.

Il fut dit que la reconnaissance de la propriété en matière d'inventions était analogue à la reconnaissance de la propriété dans le cas du premier occupant ou de celui qui découvre le premier; que, comme pour le cas des mines, il pouvait y avoir propriété pour la couronne ou le gouvernement, pour le propriétaire de la terre et aussi pour celui qui avait, le premier, découvert les mines; ou bien que, comme dans le cas de l'eau, il pouvait y avoir un droit indépendant de toute propriété sur les molécules de l'eau; ou encore, comme dans le cas des livres et des beaux-arts, une propriété absolue pour l'auteur [1].

Droit d'auteur en Amérique.

On fit spécialement ressortir qu'il n'y a pas de droit d'auteur aux États-Unis d'Amérique pour les livres écrits par des étrangers et publiés à l'étranger, et des orateurs américains réprouvèrent hautement cet état de choses et déclarèrent qu'ils étaient convaincus que l'opinion publique de leur pays se prononcerait avant peu en faveur d'une loi internationale destinée à garantir les droits des auteurs.

On fit allusion aux opinions de sir W. Armstrong et de Mr. Macfie; il fut expliqué que leurs objections portaient sur le système de rémunération par voie d'une reconnaissance de propriété en faveur de l'individu; qu'ils ne pensaient pas que l'inventeur ne dût pas être récompensé; que sir W. Armstrong avait déclaré qu'il n'était pas prêt à proposer un autre système de rémunération, mais que Mr. Macfie avait proposé une loi internationale sur les brevets, et une contribution fournie par chaque État pour subvenir aux récompenses. On fit à ce système de

1. Voir le rapport du Dr Klosterman sur le projet d'une loi sur les brevets préparé par la Société des ingénieurs allemands.

récompense ou de rémunération de l'inventeur l'objection qu'il était injuste parce qu'il grèverait l'État et tous les contribuables, au lieu de donner lieu à une contribution supportée seulement par ceux qui ont besoin de se servir de l'invention; mais on reconnut cependant que chaque membre du public profitait directement ou indirectement du progrès de l'invention. On soutint que la récompense ou rémunération par voie de propriété sur l'invention pendant un temps limité est le seul moyen pratique et équitable d'arriver au but, et répond mieux au sens de la justice en proportionnant la récompense au mérite. L'opinion exprimée contre la reconnaissance du droit, pour les inventeurs, d'empêcher les autres d'employer leurs découvertes, amena une réplique énergique; il ne manqua pas de personnes pour donner à une telle appropriation le nom de pillage et de vol; mais, cependant, aucune tentative ne fut faite pour traduire ces sentiments en amendement ou en résolution formelle, et l'assemblée parut même s'associer à l'observation qui fut faite, qu'un langage si énergique n'était pas nécessaire pour soutenir une cause aussi bien fondée que celle des revendications des inventeurs.

Les brevets ne sont pas en contradiction avec les principes du commerce libre.

On insista aussi sur cette objection, que les brevets sont inconciliables avec les principes du commerce libre; à quoi il fut répondu que l'analogie manquait complétement, que le but de la protection par un brevet ou de la propriété individuelle sur une invention était de créer et d'encourager un commerce qui n'existait pas encore, mais qui serait appelé à l'existence pour la durée limitée de la protection et deviendrait libre à l'expiration de ce temps; qu'un brevet n'était en rien un monopole, dans le

Les brevets ne sont pas des monopoles.

sens des monopoles déclarés illégaux et par lesquels des personnes se voyaient privées du libre usage de ce qu'elles avaient auparavant ou gênées dans leur commerce légitime, en étant obligées d'acheter des marchandises usuelles, telles que le blé, le vin, l'huile ou le sel, à quelque favori, à des prix exorbitants; qu'un monopole avait pour caractère le retrait d'un droit déjà en possession de tous pour le donner à un seul; que la divulgation d'une chose nouvelle ne peut pas être un acte contraire à la liberté; que chacun peut y trouver avantage et serait dommagé indirectement, s'il ne pouvait l'obtenir que comme résultat de l'emploi d'une pratique secrète [1];

Principes du droit d'auteur et du droit attaché aux brevets.

Que, bien qu'il puisse y avoir des distinctions à faire entre le droit d'auteur et le droit attaché aux brevets, ils offraient la même base de protection pour un travail intellectuel, savoir : travail dépensé et services rendus pour l'instruction de l'humanité et le progrès des arts industriels; — que la reconnaissance d'une propriété sur l'objet ou le résultat du travail et sur la prise de possession, par le premier occupant, d'un territoire inoccupé, se justifie dans les deux cas par la même raison : le travail dépensé ; mais qu'aucune propriété ne peut être reconnue sur des choses qui n'ont exigé ou n'ont pu exiger aucun travail; — que la reconnaissance du travail dépensé forme la base de la propriété;

Que le but réel des brevets était de payer des services rendus, en partant de l'hypothèse que l'invention était un service rendu à l'État [2].

(*b*.) Cette protection donne, sous la condi-

1. Voir le rapport déjà cité du Dr Klosterman.

2. Voir l'opinion de M. Renouard, membre de l'Institut de France, procureur général près la Cour de cassation.

tion d'une spécification et d'une publication complètes de l'invention, le seul moyen pratique de porter à la connaissance générale du public les nouvelles méthodes techniques, sans perte de temps et d'une manière exacte.

Vulgarisation des nouveaux procédés techniques.

Au sujet de ce motif il y eut peu de discussion; il n'est que l'expression de l'usage uniforme d'exiger le dépôt d'une spécification donnant des renseignements précis sur la manière dont l'invention doit être exécutée. On loua la publication immédiate qui est faite des spécifications par les autorités du *Patent Office* des États-Unis, contrairement au retard qui se produit dans le Royaume-Uni. Il peut être mentionné ici que le *Patent Office* des États-Unis publie chaque semaine, dans l' « *Official Gazette of the United States Patent Office* », des extraits des descriptions, avec des dessins réduits imprimés par la photo-lithographie. Les spécifications *in-extenso*, avec plans, sont publiées mensuellement.

Une idée neuve, fût-elle réalisée d'une façon imparfaite, si elle est publiée dans ces conditions, peut en raison de sa nouveauté même produire des conséquences incalculables [1].

(*c.*) La protection de l'invention rend rémunérateur le travail de l'inventeur et, par cela même, encourage les hommes compétents à vouer leur temps et leurs facultés à la vulgarisation et à l'application pratique des méthodes et perfectionnements techniques

1. Voir: Propositions précises pour une loi sur les brevets, Mémoire des notables commerçants de Berlin au Ministre royal d'Etat au département du commerce, de l'industrie et des travaux publics, S. Exc. le comte d'Itzenplitz; édité par le Dr Werner Siemens; publié à Berlin en 1869 par Th. Bittkaw.

nouveaux et utiles, et attire du dehors des capitaux qui, en l'absence de la protection donnée par les brevets, trouveraient à se placer ailleurs.

Capitaux attirés.

Les membres du Congrès opposés à la protection au moyen de brevets dirent que cette protection n'était pas nécessaire, mais aucune tentative ne fut faite pour combattre la proposition. On fit remarquer la facilité avec laquelle on trouve des capitaux, aux États-Unis, pour l'exploitation des brevets d'invention, comme preuve du caractère de sécurité qu'offre la propriété garantie par des brevets, dans ce pays. On établit qu'une très-large part du capital employé dans les arts industriels aux États-Unis était avancée à cause de la sécurité offerte par les brevets; — que l'invention constituait, par suite, une profession reconnue et respectée aux États-Unis; — que beaucoup d'étrangers y étaient attirés par le système de brevets que l'on y pratique, et que, parmi ceux qui y devenaient des inventeurs heureux, un grand nombre étaient Allemands.

Au sujet de la récente abolition des brevets en Hollande, il fut dit que cette attraction même des capitaux avait été regardée comme une objection aux brevets, les inventeurs nationaux étant excessivement peu nombreux; que la Hollande serait disposée à adopter une bonne loi sur les brevets.

(*d.*) Par la publication complète, rendue obligatoire, de l'invention brevetée, les grands sacrifices de temps et d'argent que l'application technique exigerait sans cela de l'industrie de tous les pays se trouveront considérablement réduits.

Avantages de la publication.

Ce motif, rapproché du précédent (*b*), affirme l'avantage qui résulte de l'obligation de déposer une spécification convenable et suffisante pour l'instruction de l'industrie.

(*e.*) Par la protection accordée aux inventions, le secret de fabrique, qui est un des plus grands ennemis du progrès industriel, perdra son principal soutien.

Palliatif du secret de fabrique.

La publication et la mise en recueil des inventions ont toujours été regardées comme un point essentiel du système de brevets. Il y a lieu de supposer que, même sous le régime des brevets, la fabrication secrète ne disparaît pas complétement, mais il est certain que, sans brevets, la tentation de garder le secret dans les fabriques augmenterait beaucoup. Les procédés susceptibles d'être tenus secrets le seraient, et, quant aux autres, il arriverait, ou que les inventions ne se feraient pas, ou que le progrès de l'invention serait retardé. On n'affirma pas que, sans brevets, l'invention s'arrêterait absolument, mais que son progrès serait très-lent, si on lui enlevait le stimulant d'une protection du capital.

Les conséquences du secret de fabrique, qui retarde le progrès et maintient les prix, comparées aux effets qu'une fabrication ouverte protégée par des brevets exerce sur le progrès des arts industriels, sont très-sérieuses.

La corruption des ouvriers et les tentatives faites pour découvrir les moyens employés dans une industrie secrète qui réussit ne doivent pas être oubliées, parmi les maux auxquels le secret de fabrique donne naissance. On signala différents cas, au nombre desquels celui de Crompton (qui employa en secret pendant un certain temps la mule à filer inventée par lui) est un des plus remarquables et des plus lamentables que l'on connaisse.

D'après l'expérience de personnes compétentes, le secret de fabrique sans brevet, par opposition à la fabrication ouverte avec brevets, doit être regardé comme un obstacle aux perfectionnements [1]. Quand le secret pourrait être maintenu, il y aurait un impôt perpétuel levé sur le public, de génération en génération, et un monopole de fait, du genre le plus odieux. Les perfectionnements successifs apportés à la fabrication d'une marchandise usuelle, et dus à l'exercice de nombreux esprits qui se vouent à ce but, se trouvent gravement interrompus, sinon complétement arrêtés. Quand il s'agit de machines et autres appareils mécaniques, le résultat divulgue l'invention, on ne se soucie pas d'inventer ce que tout le monde pourra s'approprier, et les inventions ne se font qu'accidentellement et, pour ainsi dire, spasmodiquement. Dans d'autres cas, dans lesquels le résultat ou le produit ne décèle pas le moyen employé pour l'obtenir, le secret est possible et l'invention s'arrête.

(*f*.) Les pays qui ne possèderont pas de lois rationnelles sur les brevets auront beaucoup à souffrir, parce que ceux de leurs habitants qui seront doués d'un talent inventif émigreront vers des pays plus favorables, où leur travail soit légalement protégé.

Émigration du talent d'invention.

Du mal dû à cette cause il a été tenu peu de compte par les pays qui en ont le plus souffert. Le Dr Siemens a déposé devant le Comité d'élite de la Chambre des communes, 1872, qu'il avait quitté

1. Voir les dépositions de Siemens, de Muspratt et de Mundella, devant le Comité d'élite de la Chambre des communes en 1872.

son pays natal, la Prusse, et avait adopté l'Angleterre à cause de ses lois sur les brevets. On pourrait citer de nombreux exemples d'inventeurs portant leurs inventions de leur pays dans un autre. Bodmer, un Suisse, apporta à l'Angleterre beaucoup d'inventions d'une haute utilité et, à l'aide de capitaux réunis dans ce pays, établit de grands établissements commerciaux. Le cas d'Heilman est bien connu. On ne peut élever raisonnablement aucun doute sur l'encouragement, donné par la protection ou la propriété en matière d'inventions, à émigrer vers les pays où la protection existe et à s'y fixer, et l'on ne peut pas douter davantage de l'attraction que la protection assurée aux inventions exerce sur le capital.

Le témoignage unanime des inventeurs américains vint appuyer la proposition ci-dessus. Il fut constaté aussi que le plus grand nombre des inventeurs étrangers aux États-Unis étaient des Allemands, qui étaient moins bien protégés chez eux que d'autres étrangers dans leurs pays respectifs.

Valeur des efforts des inventeurs.

(*g*.) L'expérience démontre que celui qui possédera un brevet fera les plus sérieux efforts pour répandre promptement son invention.

Quelques divergences d'opinion se produisirent, dans le cours de la discussion, sur l'allégation contenue dans cette proposition, et l'on signala des cas où l'inventeur avait été impuissant à lancer son invention jusqu'à ce qu'il eût été aidé par un capitaliste, avec ou sans association; mais il fut expliqué que l'inventeur et son associé devaient être considérés comme étant pratiquement, à eux deux, le porteur du brevet, et la proposition fut ensuite adoptée avec sa rédaction.

L'impuissance d'un inventeur à répandre son invention, alors que cette impuissance résulte d'un manque de capital, n'est nullement en contradiction avec la proposition ci-dessus. Il y a à vaincre les résistances d'un capital engagé dans une industrie existante, à triompher des préjugés des hommes contre tout ce qui est nouveau et n'a pas encore été essayé. Un inventeur qui s'engage dans une telle croisade est une voix criant dans le désert pour annoncer aux enfants de la fatigue la fin de leurs labeurs corporels, aux manufacturiers une économie dans la production, à tous plus de facilités pour jouir de la vie. Chaque inventeur, lorsqu'il impose sa découverte, remplit une mission pour l'instruction et l'éducation du genre humain dans les arts industriels. Le père de l'invention doit être le meilleur éducateur pour ceux qui veulent employer celle-ci. L'enthousiasme de l'inventeur est plus propre à triompher de l'apathie du public que le seul esprit commercial du propriétaire de brevet.

Vote de la résolution.

Aucun amendement formel ne fut proposé à la résolution ci-dessus, ni aux motifs sur lesquels elle s'appuyait; et cette résolution fut votée avec ses motifs par le Congrès, à la majorité de soixante-quatorze voix (74) contre six (6).

Seconde résolution. 6 août 1873.

II. La seconde résolution soumise définitivement au Congrès fut la suivante :

Une loi sur les brevets, pour être efficace et utile, doit être fondée sur les principes suivants :

(*a.*) L'inventeur lui-même, ou son représentant légal, doit seul pouvoir obtenir un brevet.

(*b.*) Il ne doit pas être refusé un brevet à un étranger.

(*c.*) Il est bon d'introduire dans la réalisation de ces principes un système d'examen préalable.

(*d.*) Un brevet doit être délivré pour quinze ans ou avec faculté de le prolonger jusqu'à cette durée.

(*e.*) En même temps qu'un brevet est délivré, il doit en être fait une publication complète rendant possible l'application technique de l'invention.

(*f.*) Les frais d'obtention d'un brevet doivent être modérés; mais, dans l'intérêt de l'inventeur, il doit être établi une échelle progressive de taxes lui permettant d'abandonner, quand il le juge convenable, un brevet qui ne présente pas d'utilité.

(*g.*) Il doit être donné des facilités, au moyen d'une bonne organisation du Bureau des brevets, pour obtenir le contenu de la spécification d'un brevet, ou pour s'assurer des brevets qui sont encore en vigueur.

(*h.*) Il convient d'établir des règlements obligeant le breveté, dans les cas où l'intérêt public l'exigerait, à permettre l'emploi de son invention à toutes les personnes sérieuses qui en feraient la demande, moyennant une juste compensation.

(*i.*) La non-application d'une invention dans un pays n'entraîne pas la déchéance du brevet, si elle a fait l'objet d'une mise en œuvre quelconque et s'il a été possible aux habitants de ce pays d'acheter et d'employer cette invention.

(*k.*) A tous autres égards, et spécialement en ce qui concerne les formalités de délivrance des brevets, le Congrès se réfère aux lois anglaise, américaine et belge, et à un projet de loi sur les brevets préparé pour l'Allemagne par la Société des Ingénieurs Allemands.

La plupart des paragraphes ci-dessus furent d'abord traités comme des sous-résolutions distinctes, et furent soumis au vote après amendement et discussion; après quoi l'on vota sur l'ensemble de la résolution. Il convient d'examiner chaque paragraphe séparément et dans son ordre.

(*a.*) L'inventeur lui-même, ou son représentant légal, doit seul pouvoir obtenir un brevet.

Brevet accordé à l'inventeur seulement.

En discutant cette sous-résolution, on signala particulièrement le fait de gens qui se tiennent au courant des inventions d'un pays, et qui les font promptement breveter à leur profit dans un autre, quoique n'ayant aucun lien avec l'inventeur, ni aucune procuration de sa part.

Brevets d'importation.

On appela aussi l'attention sur les brevets délivrés pour des inventions déjà en usage dans d'autres pays, mais inconnues dans le pays où elles sont ainsi importées. La pratique suivie en Angleterre est de délivrer des brevets pour toute invention non employée dans le royaume. Le demandeur se présente, soit comme véritable et premier inventeur dans le royaume, soit comme étant en possession d'une invention par suite d'une communication à lui faite par un étranger qu'il désigne. Dans le cas où il a acquis personnellement la connaissance de l'invention par un voyage à l'étranger, il représente simplement qu'il est le véritable et premier inventeur dans le royaume, ou qu'il est en possession d'une invention qui est nouvelle dans le royaume d'après ce qu'il sait et ce qu'il

Pratique suivie en Angleterre.

croit; cette déclaration est appuyée d'une affirmation, d'un serment ou d'une déclaration solennelle du demandeur. Différentes objections furent faites à cette pratique. On rappela la recommandation suivante du Comité d'Élite de la Chambre des Communes : « Que « les lettres patentes ne seront pas valables pour une « invention qui aura été employée dans un pays étran- « ger, à moins qu'elle n'ait fait l'objet d'un brevet « dans ce pays, et à moins que lesdites lettres pa- « tentes n'aient été accordées ici à l'inventeur origi- « nal, à son cessionnaire ou à son agent autorisé. »

Résolution sur ce sujet.

Séances des 6 et 7 août 1873.

Inventions étrangères.

Il fut établi dans la discussion que l'expression : « Son représentant légal, » devait comprendre la personne désignée à cet effet par l'inventeur, ou son agent autorisé. Avec cette explication, le Congrès reconnut la sous-résolution suffisante pour assurer les droits de l'inventeur dans tous les pays; quelques divergences se produisirent au sujet du délai (six mois ou deux ans) qui devait être donné à l'inventeur pour garantir ses droits à l'étranger.

Pratique suivie aux États-Unis.

La pratique suivie dans différents pays pour la délivrance de brevets au sujet d'inventions qui ne sont pas l'œuvre du breveté ou qui sont en usage dans d'autres pays est très-variable. Aux États-Unis, toute invention employée ailleurs peut être brevetée, pourvu qu'elle ne soit pas en usage public aux États-Unis depuis plus de deux ans au moment de la demande, et qu'elle n'ait été ni brevetée ni décrite dans une publication imprimée. Si l'invention a déjà fait l'objet d'un brevet dans un ou plusieurs autres pays, le brevet américain n'est accordé qu'au titulaire ou à ses représentants, et le brevet ainsi délivré expire avec le premier brevet étranger. En Autriche-Hongrie, le brevet n'est accordé qu'à l'inventeur ou à son agent accrédité et pour une invention qui ne soit pas en usage dans l'empire. Dans quelques autres pays, on n'accorde le brevet qu'au véritable et premier inventeur ou à son agent accrédité. La reconnaissance générale de ce principe dans la législation et dans la pratique de tous les pays serait le premier pas à faire pour établir un système, quel qu'il fût, qui méritât le nom d'international.

En Autriche-Hongrie.

Un système de ce genre doit être exempt d'anomalies en ce qui concerne le caractère de la personne à qui on accorde un brevet; dans la plupart des pays, le brevet d'importation expire avec le brevet originel. La pratique suivie en Angleterre de prolonger la durée des brevets en faisant une nouvelle délivrance au breveté primitif ou à son cessionnaire n'est pas du tout en opposition avec la résolution ci-dessus, car le cessionnaire est réputé le représentant de tout le mérite de l'inventeur; le comité juridique du Conseil privé se refusa, dans plusieurs circonstances, à recommander la prolongation d'un brevet délivré pour une invention importée, parce que l'un des brevets obtenus à l'étranger était venu à expiration.

La délivrance du brevet à l'inventeur ou à son représentant seulement peut être regardée comme un moyen efficace de s'opposer à ce que des inventions, dérobées à leurs auteurs, soient brevetées dans d'autres pays par des personnes qui se tiennent aux aguets pour se procurer rapidement des informations sur ce qu'il se produit de nouveau, agissements déjà signalés et qui sont représentés comme fréquents.

(*b*). Il ne doit pas être refusé un brevet à un étranger.

Brevet à un étranger.

Ceci se rapporte à une pratique, précédemment suivie, mais maintenant abandonnée par la plupart des pays, de refuser un brevet à un étranger ou à tout autre qu'un citoyen, ou bien d'imposer aux étrangers des charges différentes ou de leur faire une situation désavantageuse à d'autres égards. Beaucoup des premiers brevets accordés en Grande-Bretagne le furent à des étrangers, — qu'ils appartinssent à des nations amies ou à des nations ennemies, — la politique de ce pays étant d'attirer les inventions de toutes les parties du monde pour constituer une industrie nationale. En Autriche-Hongrie, en Belgique, en France, en Prusse, aux États-Unis et dans la plupart des autres pays, on ne tient nul compte de la nationalité du demandeur, et les brevets sont délivrés de la même manière aux citoyens et aux étrangers. En Saxe, en Bavière et en Wurtemberg, la demande faite par un étranger doit être présentée par un citoyen, qui est le porteur du brevet et la seule personne responsable. Au Canada, jusqu'à la nouvelle loi, qui est entrée en vigueur le 1er septembre 1872, et dans quelques autres pays, on refusait ou l'on refuse des brevets aux étrangers, mais c'est là, maintenant, une exception rare. Si la délivrance de brevets est de bonne politique et profitable à l'État, toutes entraves de ce genre sont contraires au bien public. L'invention est la prérogative de l'homme et n'appartient à aucun pays ni à aucun climat; les lois de la chimie, de la mécanique, de la physique et de la nature, sont partout les mêmes, et l'invention et l'inventeur d'un pays, quel qu'il soit, doivent être également protégés, sans s'occuper de leur lieu d'origine.

(c) Il est bon d'introduire dans la réalisation de ces principes un système d'examen préalable.

Il existe deux systèmes de délivrance des brevets, dont l'un est appelé le système de l'examen et l'autre

Systèmes de l'examen et de la proclamation.

le système de la proclamation ou de la publication; le premier prévaut aux États-Unis d'Amérique, en Prusse et dans quelques autres pays; le second est adopté dans le Royaume-Uni de Grande-Bretagne et d'Irlande, en Autriche, en Belgique, en France et autres puissances. Dans le système de la proclamation ou publication, le brevet est accordé comme de plein droit, aux risques et périls du demandeur, et pourvu que les documents soient dans la forme voulue. [1] Dans le système de l'examen, on accorde le brevet pour ce qui paraît nouveau après un examen officiel fait par des examinateurs compétents, et on le refuse pour ce qui semble manquer de nouveauté [2].

En théorie, on peut dire qu'il existe un système d'examen dans le Royaume-Uni; on avait pensé que la loi de 1852 y pourvoyait; son adoption a été maintes fois recommandée par des autorités éminentes; il faut que l'officier de la loi reconnaisse suffisante la spécification provisoire; on provoque par une annonce les oppositions des personnes intéressées. Mais, en pratique, ce système d'examen n'existe pas; la théorie est lettre morte, c'est le système de la proclamation qui prévaut en réalité et, pourvu que les documents déposés soient en due forme, les brevets sont accordés comme les impétrants le demandent et pour ce qu'ils indiquent, à leurs

1. Il n'existe pas de système d'enregistrement des inventions semblable à celui qui fonctionne pour les dessins de fabrique en Angleterre; un système de ce genre a été proposé en 1850, mais n'a pas été adopté; le mot « proclamation » implique quelque chose de différent de la concession accordée au demandeur comme presque de plein droit.

2. Les limites dans lesquelles doit être maintenu l'examen ont donné lieu à beaucoup de discussions, mais on peut considérer comme admis presque unanimement qu'il ne doit porter que sur la nouveauté *à priori* et ne doit pas s'étendre au mérite, à l'utilité ou au caractère pratique de l'invention.

risques et périls et sans aucune garantie. Le fait que plusieurs brevets sont souvent accordés pour la même invention, dans les six mois pendant lesquels la spécification provisoire reste secrète, atteste fortement l'absence de tout obstacle réel à la délivrance d'un brevet dans le Royaume-Uni.

Le système de l'examen approuvé par les Américains.

On prétend que l'opinion de la grande majorité des inventeurs et des brevetés, aux États-Unis, est favorable au système de l'examen; cependant, il en est qui élèvent la voix contre lui et en faveur du système de la proclamation, et l'on ne peut en être surpris en voyant que, par application du système de l'examen, il n'a pas été rejeté moins de la moitié des demandes faites dans une année. Depuis quelques années, cependant, la proportion des rejets a décru, ainsi qu'on peut le voir en comparant le nombre des brevets demandés aux États-Unis d'Amérique avec celui des brevets accordés [1].

Titre inattaquable.

Dans l'opinion de quelques-uns, le système de l'examen doit être pratiqué dans une mesure telle qu'il permette d'accorder, pour l'invention, une garantie ou un titre inattaquable, mais les suggestions faites dans ce sens ont reçu peu d'encouragement et sont considérées par certains esprits comme tout à fait impraticables.

L'étendue et la nature de l'examen peuvent varier, mais il est difficile de contester l'efficacité d'un système de ce genre contre l'ignorance et contre l'imposture.

Conséquences du système.

L'examen, s'il n'est pas indispensable pour pratiquer le principe, plus haut indiqué, de n'accorder de brevet qu'à l'inventeur ou à son représentant, à l'exclusion des simples importateurs, facilitera du

1. Voir page 79.

moins considérablement l'adoption et le succès de ce régime. Un bon système d'examen, en s'opposant à ce que, dans un pays, il soit délivré un brevet à un étranger pour une invention déjà brevetée ailleurs, contribuera puissamment à faire disparaître les pratiques démoralisatrices dont on se plaint et qui ont été signalées plus haut. Toute tentative frauduleuse faite par un étranger pour s'approprier, dans un pays, une invention brevetée dans un autre, risquerait tant d'être démasquée, que cette pratique cesserait d'être un commerce profitable.

Système de l'examen.

Le système de l'examen employé aux États-Unis fut représenté comme contribuant beaucoup à la sécurité de la propriété attachée aux brevets, comme étant pratiquement une garantie de validité, comme influant sur les procès en matière de brevets au point de faire disparaître le reproche adressé aux procès de brevets en Angleterre d'être « une spéculation sur l'ignorance du juge et du jury. » L'examen est une sorte de jugement qui a lieu avant la délivrance du brevet, au lieu de se produire après.

L'influence de l'examen ressort de la sécurité des capitaux employés à l'exploitation d'inventions brevetées. Il a été affirmé, sur de sérieuses autorités, que la moitié des brevets délivrés aux États-Unis sont rémunérateurs et que les six ou sept huitièmes du capital employé dans l'industrie sont placés sur des brevets, résultats qui contrastent de la façon la plus heureuse avec les systèmes de tous les autres pays.

Examen limité à la nouveauté.

On ne recherche ni le mérite de l'inventeur, ni l'utilité de l'invention ; l'examen ne porte que sur la nouveauté. Les plus grands partisans de l'examen ont invariablement exclu toutes questions de mérite, de caractère pratique ou d'utilité, comme devant échapper à l'enquête et comme étant, dans cette phase de l'invention, du domaine de l'appréciation et non du domaine des faits. Ceci est d'accord avec les conclusions de la Commission Royale présidée par lord Derby (lord Stanley à cette époque) et, plus récemment, du Comité d'Élite de la Chambre des Communes.

Examen en Prusse.

Le système de l'examen tel qu'il est pratiqué en Prusse fut sévèrement commenté, et l'on rappela, en particulier, le cas de Bessemer, à qui un brevet a été refusé pour ses perfectionnements dans la fabrication du fer et de l'acier. Sa demande, après avoir été plusieurs fois ajournée, fut finalement rejetée par ce motif que l'invention, au moment de ce refus, avait fait l'objet d'une description imprimée et publiée, notamment la spécification de son propre brevet dans le Royaume-Uni. Les critiques sur l'administration du système des brevets en Prusse donnèrent lieu à une discussion animée; le fait du petit nombre de brevets délivré dans ce pays et du découragement qui en résulte pour les inventeurs ne fut pas nié. Mais on allégua que cela n'était nullement la conséquence du système d'examen adopté, et que cela tenait seulement à ce qu'on ne croyait pas devoir délivrer des brevets dans des cas semblables.

Examen consultatif et adjuvant.

En ce qui concerne le système d'examen tel qu'il est pratiqué en Amérique, on peut se demander si, en raison de la faculté de faire réexaminer la procédure par les examinateurs et d'interjeter appel, ce système n'est pas, dans la pratique, plutôt consultatif et adjuvant que prohibitif, c'est-à-dire si, dans la grande majorité des cas, les demandeurs ne concourent pas eux-mêmes à ce que la solution soit ce qu'elle doit être.

Pas de refus absolu.

Le refus absolu d'un brevet a été critiqué, d'après des autorités éminentes, comme ne rentrant pas dans l'esprit qui anime les Américains à l'égard des droits des inventeurs. Un Comité de la *Social Science Association* (Association de la science sociale) et de la *Law Amendment Society* (Société pour l'amélioration de la Loi) s'est rallié à cette opinion et a recommandé qu'un brevet ne fût jamais refusé finalement, si l'impétrant persistait dans sa demande, mais que les rapports des examinateurs, opposés à la délivrance, fussent mentionnés. Ce mode de faire a beaucoup de considérations en sa faveur : il obligerait les examinateurs à bien s'acquitter de leur tâche et donnerait ample occasion à l'inventeur d'examiner à nouveau sa situation.

Facilités données par la spécification provisoire.

Dans le système anglais, la spécification provisoire offre de grandes facilités pour l'application d'un système d'examen qui serait consultatif et adjuvant pour le demandeur. Un système de ce genre, tel qu'il avait été conçu par les promoteurs de la réforme de la loi sur les brevets, qui aboutit à la loi de 1852, aurait fait profiter le demandeur de l'expérience accumulée du *Patent Office*, aurait protégé l'inventeur contre sa propre ignorance et aurait concilié les vues de la plupart des partisans du système américain et du système anglais.

Il est impossible, en effet, comme l'a fait ressortir l'honorable J.-M. Thacher, qu'un examen fait par le demandeur ou par son agent soit efficace et complet : un tel examen, pour avoir de la valeur, doit être confié à des experts indépendants, familiers avec chaque sujet spécial.

Aide apportée par les opposants.

Le système proposé et réglé par la loi de 1852 amena un autre résultat important : il donna comme auxiliaires, en qualité d'opposants, les personnes intéressées au sujet particulier pour lequel un brevet était demandé. On n'a pas encore expérimenté cette partie du système réformé, qui sans aucun doute serait une aide puissante, en même temps qu'un stimulant, pour des examinateurs officiels.

La résolution du Congrès en faveur d'un système de brevets basé sur l'examen ne préconise pas un système plutôt qu'un autre, et affirme simplement ce principe que les brevets ne doivent pas être délivrés comme de plein droit et sans distinction; cette résolution a la portée d'une décision en faveur du système de l'examen, préférablement au système de la proclamation ou de l'enregistrement.

(*d*) Un brevet doit être délivré pour quinze ans ou avec faculté de le prolonger jusqu'à cette durée.

Durée des brevets.

Cette résolution donna lieu à peu de débats : on parla bien de la faculté qui existe dans le Royaume-Uni de prolonger les brevets par la délivrance de nouveaux brevets, accordés pour une durée de sept ans ou même de quatorze ans dans les cas exceptionnels ; on parla aussi de la faculté de prolongation qui existait en Amérique et qui cessa lorsque la durée des brevets y fut portée uniformément à dix-sept ans ; mais, en définitive, la résolution fut adoptée sans amendement.

La durée des brevets dans d'autres pays varie de deux à quinze ou vingt ans. Dans certains, comme la France, la Belgique, l'Autriche, la Bavière, etc., existe le système des annuités ; le Royaume-Uni, seul, a adopté un système de payements périodiques dans lequel la durée des brevets est réduite à trois ou à sept ans, si les taxes prescrites ne sont pas versées avant l'expiration de la troisième ou de la septième année. Les résultats de ce système furent trouvés très satisfaisants.

(*e*) En même temps qu'un brevet est délivré, il doit en être fait une publication complète rendant possible l'application technique de l'invention.

Publication simultanée.

Cette proposition est sensiblement conforme à la sous-résolution (*d*) de la première résolution et elle en est la réalisation. Il fut beaucoup insisté sur la condition d'une publication simultanée à la délivrance du brevet, et donnant des renseignements complets sur l'invention au moment même ou l'on créait un droit ou une propriété sur celle-ci. On signala le retard que le *Patent Office* du Royaume-Uni apporte à imprimer et à publier les spécifications. Aux États-Unis, la publication par extraits est hebdomadaire, et la publication *in extenso*, mensuelle.

Toutefois, la publication de ces recueils prête à une observation qu'il ne faut pas négliger : une considération en faveur de la spécification provisoire a été qu'elle servirait à enregistrer les insuccès, aussi bien que les réussites, en matière d'inventions; en faisant connaître un insuccès, on peut en faire trouver la cause et amener ainsi la solution du problème.

Recueil des insuccès et historique.

Un historique des inventions, dressé au moyen de ce recueil des insuccès, serait d'une valeur inappréciable pour les travailleurs en arts industriels ; mais un historique de ce genre ne pourrait être fourni que par l'expérience accumulée du bureau des brevets ; c'est une des nécessités prévues par la loi de 1852 et dont elle tenait compte ; un pas a été fait dans cette voie par la rédaction et la publication d'extraits des spécifications, faites sous la direction des *commissioners of patents* (commissaires des brevets).

> (*f*) Les frais d'obtention d'un brevet doivent être modérés ; mais, dans l'intérêt de l'inventeur, il doit être établi une échelle progressive de taxes lui permettant d'abandonner, quand il le juge convenable, un brevet qui ne présente pas d'utilité.

Coût des brevets.

Le Congrès ne fixa ou ne proposa aucune somme comme limite des frais pour obtenir un brevet, mais, en examinant les taxes fixées dans divers pays, on trouva très-considérable le prix d'un brevet en Grande-Bretagne, qui est de vingt-cinq livres sterling comme premier payement, cinquante livres comme second payement avant la fin de la troisième année, et cent livres comme troisième payement avant l'expiration de la septième année. On suggéra que la limite des frais doit être déterminée par les dépenses nécessaires au fonctionnement du système, qui doit se suffire à lui-même, et qu'une fois les dépenses de ce système connues, les taxes doivent être fixées en conséquence. Dans le système anglais, le second et le troisième payements n'ont pas été fixés d'après les dépenses d'application : dans la pensée des promoteurs de la loi de 1852, ils devaient être un moyen de faire abandonner les brevets pris pour des inventions sans utilité ou pour des inventions non profitables pour leurs propriétaires, de manière à atteindre le but indiqué dans la sous-résolution dont il s'agit ici.

Un système d'annuités progressives fut présenté au Comité d'Élite de la Chambre des Lords en 1851 et examiné par lui, mais le système consistant dans deux payements périodiques progressifs fut jugé moins vexatoire et plus efficace et fut en conséquence adopté. Le système des annuités tel qu'il existe en Belgique, en France, etc., n'est généralement pas approuvé; il opère cependant très-efficacement au point de vue de l'abandon des brevets, surtout avec une échelle progressive de taxes[1].

(*g*) Il doit être donné des facilités, au moyen d'une bonne organisation du bureau des brevets, pour obtenir le contenu de la spécification d'un brevet ou pour s'assurer des brevets qui sont encore en vigueur.

Connaissance du contenu de la spécification des brevets qui sont encore en vigueur.

Ceci a trait à l'une des missions les plus importantes d'un bureau des brevets : donner le plus de facilités possible à quiconque est intéressé à se renseigner exactement, et sur le contenu de certains brevets, et sur les brevets qui sont en vigueur, afin de voir quelles sont les inventions dont on ne peut faire usage qu'avec le consentement des propriétaires des brevets. La discussion ne porta pas sur la question de savoir ce qui est nécessaire pour une information de ce genre, mais cela consiste évidemment dans un système complet de tables. On peut aussi se demander pourquoi les personnes compétentes attachées à un bureau des brevets n'auraient pas pour devoir d'aider l'inventeur dans ses recherches, de manière à ce que le bureau devînt le conseil et l'aide de l'inventeur.

La question des tables a été examinée par le Comité d'Élite de la Chambre des Communes et il a voté

1. Voir ce qui est dit plus loin (p. 80) au sujet des brevets en Belgique.

une résolution exprimant l'intérêt qu'il y aurait à ce qu'il fût fait des tables et des abrégés de brevets plus satisfaisants.

Licences obligatoires.

(*h*) Il convient d'établir des règlements obligeant le breveté, dans les cas ou l'intérêt public l'exigerait, à permettre l'emploi de son invention à toutes les personnes sérieuses qui en feraient la demande, moyennant une juste compensation.

Cette proposition donna lieu à une discussion longue et animée. Son principe fut critiqué par une fraction considérable des représentants des États-Unis et par d'autres membres, qui se prononcèrent énergiquement en faveur des droits naturels de l'inventeur, et qui assimilèrent la propriété sur les inventions à la propriété sur des terres ou sur des immeubles. Il fut allégué que cette proposition n'était pas d'accord avec la première résolution votée par le Congrès ; que donner un brevet et obliger ensuite son propriétaire à en aliéner une partie était illogique et injuste ; que tous arrangements de ce genre devaient être laissés à la volonté des parties intéressées.

Argument en faveur des licences obligatoires.

Le principe de la proposition fut défendu par les représentants anglais, à une seule exception près. A l'objection qui précède, ils répondirent que même les terres et les immeubles étaient traités autoritairement quand la nécessité ou les intérêts d'une partie de la société l'exigeaient ; que toute propriété était créée par la loi, et que, bien que les résultats du travail du cerveau puissent avoir des prétentions spéciales, ce travail ne devait être placé au-dessus d'aucun autre quant à donner un titre à une propriété ; que le droit attaché à un brevet était assimilable à un dépôt et devait être employé pour le profit des autres, bien plutôt que comme une propriété dont il serait disposé au seul gré du propriétaire ; car celui-ci pourrait bien agir comme « le chien dans la mangeoire » et, pour des raisons personnelles, ne pas exploiter l'invention lui-même et ne pas laisser les autres l'exploiter davantage. Que dans presque tous les pays, exception faite pour le Royaume-Uni et les États-Unis, il était exigé que l'invention fût employée et mise en exploitation dans le délai d'un ou de deux ans à partir du jour de la délivrance du brevet, et que cette exploitation devait être continuée sous peine de déchéance du brevet, de la validité duquel elle est une condition. Qu'un capitaliste pouvait bien avoir intérêt à empêcher ou à gêner le développement d'une nouvelle invention, et qu'il y avait bien là une question qui pouvait préoccuper les ouvriers « ou les inventeurs », mais que l'intérêt de l'inventeur serait toujours différent. Que cette condition avait pour but de détruire la principale objection contre les brevets, qui a été formulée avec insistance, à savoir : qu'ils sont une entrave à l'industrie ou qu'on peut s'en servir dans ce but. Que les principaux adversaires des brevets, en Angleterre, avaient reconnu qu'il y avait là un remède à l'usage abusif des pouvoirs conférés par un brevet, et que quelques-uns des plus ardents avocats des brevets avaient aussi approuvé cette même condition, parce qu'elle détruisait la seule objection sérieuse contre leur système, et parce qu'ils pensaient, en outre, que les pouvoirs coercitifs s'exerceraient rarement, attendu que le seul fait de leur existence suffirait pour remédier au mal.

On signala particulièrement le cas de l'invention de Bessemer, et l'on demanda quelle conséquence aurait eue pour l'industrie le fait qu'un ou plusieurs points importants de cette invention, comme le vase à bascule, par exemple, eussent été trouvés et brevetés par un étranger ou par un de ses propres ouvriers, au lieu d'être imaginés par lui-même. On reprocha à la fraction américaine du Congrès de fournir un argument en faveur du remède proposé contre un usage abusif des capitaux, remède qui ne fut pas goûté aux États-Unis, quoiqu'on trouve la trace d'un usage abusif de ce genre dans quelques-unes des affaires qui ont fait l'objet de procès, et quoiqu'il soit difficile d'admettre que dans le système adopté dans ce pays, bien qu'il soit préférable à certains égards au système anglais, le germe d'une entrave illégitime mise à l'industrie ne pourrait pas, à l'occasion, se développer et prendre un corps.

On essaya de modifier la proposition de diverses manières, et, entre autres amendements, on proposa celui-ci :

« Que, bien que la législation doive toujours plutôt protéger l'inventeur que restreindre ses droits, « il convient d'adopter des mesures obligeant le breveté, dans l'intérêt public, à permettre aux personnes sérieuses d'employer son invention moyennant une juste compensation, mais, cependant, pas « avant l'expiration des trois premières années de « son brevet. »

Résolution du Comité d'Élite.

Sur le même sujet, le Comité d'Élite de la Chambre des Communes avait fait la recommandation suivante :

« Que toutes lettres patentes devront contenir la « condition que des licences seront accordées par lui « (le breveté) aux personnes compétentes, ces conditions et le fait de la compétence devant être déterminés, en cas de désaccord, par les commissaires,

« en tenant le compte voulu, dans cette détermina-
« tion, des nécessités de la concurrence étrangère. »

Dans l'étude de cette question, il faut, on le comprend, faire une distinction entre les différentes classes d'inventions, et tenir compte du rapport que l'objet du brevet peut présenter avec d'autres inventions. Ainsi, par exemple, il faut voir si le brevet porte sur une invention distincte et pour ainsi dire isolée, telle qu'un outil, ou sur un appareil ou une machine dont le principe est tout particulier, ou bien si l'objet de ce brevet réside dans un perfectionnement à d'autres inventions ou présente une connexité avec elles, comme dans le cas d'une des parties d'un ensemble, par exemple, le vase à bascule de Bessemer. Il faut aussi, cela va sans dire, avoir égard à la compétence du breveté pour satisfaire à la demande publique. La résolution dont il s'agit ici suppose trois conditions : intérêt public, demandeur sérieux et compensation équitable. On pourrait citer des espèces dans lesquelles les débats ont montré que l'obligation aurait été manifestement dans l'intérêt du breveté.

L'invention est progressive.

On ne doit pas perdre de vue que l'invention est progressive; que la plupart des inventions ne sont que des perfectionnements apportés à des inventions antérieures; que chaque inventeur successif peut être regardé comme ayant seulement gagné du temps, car l'invention qu'un homme ne ferait pas aujourd'hui serait probablement et presque certainement faite par un autre dans un temps peu éloigné. Ces considérations, quoique n'enlevant pas à l'inventeur son mérite, ne doivent pas être négligées quand il s'agit de déterminer la durée des priviléges concédés par le brevet et les conditions dans lesquelles on doit en jouir. Par une clause insérée dans les brevets que délivre le Royaume-Uni, le titulaire est tenu de fournir le public des articles brevetés, à un prix raisonnable; ceci peut, avec juste raison et d'après les mêmes principes, être étendu à d'autres cas avec une licence. Le Comité Juridique du Conseil Privé, en recommandant la prolongation d'un brevet, a demandé l'insertion de clauses réglant le prix et les conditions destinés à dédommager les intéressés pour les licences accordées par eux.

En définitive, la proposition fut acceptée, avec la rédaction indiquée plus haut (*h*), par 42 voix contre 17. On doit faire remarquer ici que la version anglaise de ladite résolution a été jugée être un peu plus expressive que la version allemande; cependant il faut observer que la version anglaise est l'original et que l'allemande est la traduction.

> (*i*) La non-exploitation d'une invention dans un pays n'entraînera pas la déchéance du brevet, si elle a fait l'objet d'une mise en œuvre quelconque, et s'il a été possible aux habitants de ce pays d'acheter et d'employer cette invention.

La non-exploitation ne doit pas être une cause de déchéance.

Les brevets de la plupart des pays, excepté le Royaume-Uni et les États-Unis, sont soumis à la condition que l'invention sera mise en usage dans le pays dans le délai d'un ou de deux ans à partir de la date de la délivrance et sera maintenue en exploitation, sous peine de déchéance du brevet. Aucune condition de ce genre ne fit jamais partie de la loi d'Angleterre, d'Écosse ou d'Irlande. L'Acte du Congrès de 1832 rendit obligatoire pour le breveté de faire entrer son invention dans l'usage public, aux États-Unis, dans le délai d'une année, mais cette condition fut rapportée par l'Acte de 1836 et ne fut plus introduite dans aucun Acte ultérieur du Congrès, et depuis on n'a jamais insisté sur une condition de ce genre.

L'opinion des inventeurs fut unanimement contraire à une condition semblable, qui fut représentée comme étant des plus nuisibles à leurs intérêts, complétement inefficace et de nature à faire recourir à divers expédients pour s'y soustraire, ce dont on a vu des exemples scandaleux. On cita des cas dans lesquels, bien que de nombreuses personnes eussent été réellement employées à produire des centaines d'articles dans le pays, la preuve de ce fait devant les autorités avait rencontré, à cause des formalités auxquelles elle était assujettie, des difficultés insurmontables devant lesquelles il avait fallu renoncer à conserver le brevet.

On rappela aussi la recommandation du Comité d'Élite de la Chambre des Communes, tendant à ce que les lettres patentes contiennent la condition « que la fabrication sera établie d'une manière ef- « fective dans un délai raisonnable, soit par le breveté, « soit par ses licenciés, de manière à satisfaire à la « demande à des prix raisonnables ». Résolution du Comité d'Élite.

Ce moyen, joint à l'obligation d'accorder des licences (également recommandée par le Comité d'Élite de la Chambre des Communes) et à la résolution ci-dessus, fut jugé être plus propre à atteindre le but de l'introduction de la fabrication dans le pays que les conditions ordinairement imposées, par lesquelles beaucoup d'inventions sont étranglées à leur naissance.

Tous les membres s'accordèrent à déclarer mauvais les effets de cette condition de validité, à quelque autre condition que l'on dût s'arrêter; pas un seul ne l'approuva ou ne la défendit; son abandon sera nécessaire au moment où l'on voudra s'entendre pour établir un système international de brevets, quel qu'il soit. L'opinion de l'assemblée fût également unanime sur l'inefficacité de cette condition pour faire établir des industries dans un pays.

> (*k*) A tous autres égards, et spécialement en ce qui concerne les formalités de délivrance des brevets, le Congrès se réfère aux lois anglaise, américaine et belge, et à un projet de loi sur les brevets préparé pour l'Allemagne par la Société des ingénieurs allemands.

On indiqua plusieurs des principales différences existant entre les lois sur les brevets de l'Angleterre, de l'Amérique et autres pays; un traité et un tableau dus à M. Ch. Thirion, de Paris, et montrant ces différences, fut présenté au Congrès, ainsi que d'autres ouvrages, et l'on s'y reporta dans le cours de la discussion [1].

Dispositions du système anglais.

La principale différence, qui doit être particulièrement signalée, est la disposition qui a été introduite pour la première fois dans la loi anglaise, en vue de l'Exposition de 1851, par la Loi pour la Protection des

1. Voyez : Propositions précises pour une loi sur les brevets. Mémoire des notables commerçants de Berlin au Ministre royal du commerce, de l'industrie et des travaux publics, le comte d'Itzenplitz; édité par le Dr Werner Siemens, Berlin, 1869 (déjà cité). — Projet d'une loi sur les brevets, pour l'empire d'Allemagne, par la Société des ingénieurs allemands (déjà cité). — Esquisse ou avant-projet de ce projet de loi. — Rapport sur les lois de brevets, par le Dr Rosenthal, de Cologne. — La protection des inventions est un droit profitable à la société; l'avenir est à l'invention; Essai de l'union de district des ingénieurs allemands, de Cologne. — Rapport du Dr Klosterman sur le projet d'une loi sur les brevets préparé par la Société des ingénieurs allemands (déjà cité). — Opinion de M. Renouard, membre de l'Institut de France, procureur général (déjà cité).

Inventions, 1851, et qui a été adoptée pour faire partie du système des brevets par la loi de 1852, disposition consistant à donner une protection provisoire à l'inventeur à partir du jour de sa demande de brevet. Dans aucun autre système, il n'existe de disposition analogue[1]. On ne peut en apprécier toute l'importance qu'en tenant compte de la circonstance dans laquelle elle a pris naissance, des résultats qu'elle était destinée à produire et des conséquences qu'elle a eues. Dans l'ancien système, on demandait un brevet sous un titre aussi vague et aussi général que possible; si l'invention venait à être divulguée avant la délivrance effective du brevet, c'est-à-dire, dans la période séparant la date de la demande de celle de la délivrance, période qui atteignait souvent plusieurs mois, cela rendait le brevet nul et il n'assurait aucun droit au titulaire; une fois le brevet accordé, le breveté avait six mois pour fournir sa spécification, dans laquelle il pouvait introduire tout ce qu'il avait acquis depuis le dépôt de sa demande, si cela rentrait dans le titre du brevet. La spécification provisoire, qui décrit la nature de l'invention indiquée par le titre, donne à la demande de brevet un objet défini dont le demandeur ne peut s'écarter; la spécification ne différerait de la spécification provisoire qu'en ce qu'elle décrirait, outre la nature de l'invention, la manière de mettre celle-ci en pratique; le brevet, une fois accordé, opérerait à partir du jour de sa demande, de manière que personne ne pût intervenir, à moins de négligences de la part du demandeur.

Protection temporaire.

1. La disposition (section 40) de l'Acte du Congrès de 1870, d'après laquelle un citoyen des Etats-Unis, en déposant un *caveat*, a le droit d'être informé de toute demande rivale, peut être assimilée à cette protection provisoire.

Avantages de la protection provisoire.

La protection provisoire présente, en outre, le grand avantage de donner à l'inventeur, à partir de la demande, six mois pendant lesquels il peut faire en toute sécurité des expériences pour rechercher les moyens de réalisation de son invention, sans avoir, comme dans l'ancienne loi, fait la dépense d'un brevet. De plus, s'il n'a pas assez de six mois pour perfectionner ces moyens de réalisation, et pourvu que l'invention n'ait pas été publiée dans l'intervalle ou qu'elle n'ait pas été mise en usage, il n'est pas obligé de donner suite à sa demande et il peut l'abandonner pour demander un nouveau brevet en déposant une nouvelle spécification provisoire, ce qui lui donne six mois de plus, soit en tout douze mois, pour perfectionner son invention.

Utilité des essais.

Or, l'expérience a démontré que cette période d'essai et d'épreuve, pour ainsi dire, était indispensable à l'inventeur. Aucun autre pays n'offre cette caractéristique dans son système de brevets. Partout ailleurs qu'en Grande-Bretagne, le demandeur présente sa spécification en demandant le brevet; ses expériences doivent avoir été faites en secret et on ne lui laisse aucune période pour essayer son invention et s'assurer des résultats qu'elle donne.

Système du *caveat* aux États-Unis.

Cette faculté est si nécessaire que, dans le système des États-Unis, on peut (ceci est analogue à une ancienne pratique de l'Angleterre) déposer un *caveat* indiquant ce que la personne qui le dépose a en vue; le dépôt de ce caveat donne le droit au déposant d'être informé de toute demande qui serait formée et qui semblerait être en conflit avec l'objet indiqué dans le caveat. Celui-ci est valable pour un an; il peut être renouvelé d'année en année; mais ce privilége ne s'applique pas aux étrangers, à moins qu'ils ne résident aux États-Unis depuis un an et qu'ils n'affirment par serment leur intention d'en devenir citoyens. Le caveat expose le but de l'invention, ses caractères distinctifs, et demande protection pour le droit de l'inventeur jusqu'à ce que celui-ci ait mûri son invention. Ce caveat donne naissance au système des *interferences* (litiges entre plusieurs demandes rivales), après avis donné au *caveator* (la personne qui a déposé le caveat) qu'il a été formé postérieurement une autre demande qui semble être en conflit avec la sienne; dans cette *interference*, on décide sur la question de savoir si les inventions sont semblables et quel est le premier inventeur.

Parallèle entre la spécification provisoire et le *caveat*.

Lorsqu'on voudra fondre le système des brevets de tous les pays, on aura à comparer ensemble la spécification provisoire anglaise et le caveat américain; le caveat américain est un perfectionnement de l'ancien caveat anglais, en ce qu'il donne quelques renseignements sur l'objet que la personne déposant le caveat a en vue; mais la spécification provisoire a été adoptée après examen et en connaissance de cause par les promoteurs du nouveau système qui inspira la loi de 1852, comme étant préférable à tous les systèmes de caveats, pour les raisons suivantes entre autres :

Avantages de la spécification provisoire.

1. Elle constitue un document dont l'inventeur ne peut pas s'écarter, en ce qui concerne la nature de l'invention pour laquelle il sollicite un brevet.

2. C'est un document secret, comme le caveat.

3. Elle protége à partir de la date du dépôt, de manière à exclure toute autre personne.

4. Elle donne un temps convenable pour les essais et les épreuves.

5. Elle permet à l'inventeur de mûrir le sujet sur lequel il demande un droit.

6. Elle offre aux autorités le moyen de garantir les prétentions respectives de plusieurs rivaux ou de plusieurs demandeurs dont les requêtes sont en conflit.

7. Une fois publiée, elle donne des renseignements utiles pour guider les inventeurs ultérieurs; c'est un recueil des tentatives abandonnées et des insuccès qui se sont produits dans des directions particulières de la pensée.

Si l'officier de la loi reconnaît ce document suffisant, il n'a pas d'alternative : il doit accorder son certificat; dès ce moment, l'inventeur, en Angleterre, peut être considéré comme se trouvant dans les mêmes conditions qu'en Amérique, quant à la reconnaissance de ses droits. Mais on a beaucoup insisté sur cette distinction, qu'un brevet anglais est accordé par la grâce et la faveur de la couronne, et non comme étant de droit, tandis qu'un brevet américain est de droit, d'un droit que l'on admet naturel et inhérent à l'invention. Cette distinction est plus idéale que réelle; elle existe dans la forme plutôt qu'au fond; dans n'importe quel pays l'auteur d'une invention nouvelle et utile obtient un brevet comme de plein droit[1].

La spécification complète est identique au système américain.

D'ailleurs, d'après la loi de 1852, le demandeur peut suivre une autre voie qui est très-analogue au système américain : il peut déposer une spécification complète au lieu d'une spécification provisoire, et, par ce moyen, il obtient, comme de plein droit, tous

1. On peut citer un cas dans lequel on s'est appuyé sur cette distinction pour soutenir que la Couronne avait le droit de faire usage d'une invention. (Voir p. 119.)

les priviléges conférés par un brevet, avec cette seule restriction qu'il ne peut pas poursuivre en contrefaçon tant que le brevet n'est pas effectivement délivré.

La protection provisoire résulte, comme de plein droit, du dépôt de la spécification complète; aucun certificat de l'officier de la loi n'est nécessaire pour conférer cette protection; le demandeur acquiert et crée le droit à sa volonté.

Deux points du système anglais.

Ces deux systèmes facultatifs établis par la loi de 1852 semblent avoir peu attiré l'attention des autres pays; mais on ne voit guère en quoi ils sont inférieurs au système américain, au point de vue de la satisfaction donnée aux revendications des inventeurs. Dans l'enquête récemment faite sur les brevets d'invention par le Comité d'Élite de la Chambre des Communes, la spécification provisoire fut hautement approuvée par des témoins appartenant à toutes les classes sociales. On recommanda de prolonger la durée de cette protection dans certains cas, afin, notamment, de donner tous ses effets à un système de *caveat* constituant un perfectionnement sur celui des États-Unis. Mais ce dernier avis ne fut pas généralement appuyé; on jugea préférable d'obliger l'inventeur à mûrir son invention dans ses caractères généraux et à en faire l'objet d'un document écrit et mis en archives, avant d'obtenir aucune situation reconnue à l'égard de cette invention.

Recommandations du Comité d'Élite.

Le rapport du Comité d'Élite de la Chambre des Communes contient les recommandations suivantes :

« (6.) Qu'une protection pour un temps limité, et remontant à la date où elle a été demandée, ne soit accordée pour une invention que si la nature de celle-ci et ses points particuliers de nouveauté ont été clairement décrits dans une spécification provisoire, et sur le rapport d'une autorité compétente déclarant que cette invention, autant que ladite autorité a pu s'en assurer, est nouvelle et constitue une fabrication dans le sens de la loi. »

« (7.) Que des lettres patentes ne soient pas accordées pour une fabrication ainsi protégée, avant que la spécification provisoire n'ait été rendue publique, qu'il n'ait été déposé une spécification complète décrivant entièrement les moyens d'exécution, et que cette spécification complète n'ait été reconnue, par la même autorité, conforme sur tous les points essentiels à la description donnée de l'invention dans la spécification provisoire. »

« (17 *a.*) Que la protection ne soit accordée à une invention que sur le rapport d'une ou plusieurs personnes compétentes, déclarant qu'il est satisfait aux conditions de la résolution 6 concernant cette protection. »

Les recommandations exprimées dans les trois résolutions ci-dessus du Comité d'Élite représentent l'opinion presque unanime des nombreuses personnes expérimentées entendues devant ce comité, dont les travaux se poursuivirent pendant la plus grande partie des sessions de 1871 et de 1872; elles sont d'accord avec les principes de la loi de 1852.

La spécification complète communiquée au public.

La loi de 1852 (section 9) disposait qu'une copie de la spécification complète serait ouverte à l'inspection du public à partir du jour de son dépôt, mais elle était muette sur le moment où une copie de la spécification provisoire devait être mise en communication ; elle stipulait (section 30) que toutes les spécifications complètes seraient imprimées et publiées aussitôt que possible après leur dépôt et que toutes les spécifications provisoires seraient imprimées et publiées aussitôt que possible après l'expiration de la protection provisoire qui y était attachée. La loi contenait divers articles concernant (s. 11) l'avis par voie d'annonce dans la *gazette*, qui devait porter la demande à la connaissance du public, et (s. 12) l'opposition des personnes intéressées à s'y opposer; ces dispositions sont inapplicables, si la spécification provisoire n'est pas ouverte à l'inspection pour indiquer à quels intérêts touche son contenu.

Communication de la spécification provisoire.

Le doute que la loi de 1852 laissait subsister au sujet de la communication de la spécification provisoire a disparu avec une loi de la session suivante (16 et 17 Victoria, c. 115.; 20 août 1853), stipulant (section 2) que: « Les commissaires feront mettre à « la disposition du public des copies exactes de toutes « les spécifications provisoires déposées à l'office « des commissaires, à telles époques, postérieures « aux dates respectives de leur enregistrement, « que lesdits commissaires pourront ordonner. »

L'inobservation de cette disposition par les commissaires a empêché l'accomplissement de deux des vœux principaux des promoteurs de la loi de 1852; l'un était de faire adopter la spécification complète au lieu de la spécification provisoire; l'autre, de faire servir à un système d'examen le concours donné par les personnes intéressées à l'industrie que concernait la demande pendante, ou, suivant les termes du statut (section 12), « ayant intérêt à s'opposer à « ce que des lettres patentes fussent délivrées pour « ladite invention », lesquelles personnes devaient « avoir la faculté de développer par écrit leurs ob-

« jections à cette demande. » Cette disposition d'ensemble n'a pas reçu d'effet, malgré de nombreux mémoires adressés aux commissaires à ce sujet.

Période du secret.

Il ne s'agit pas de rendre publique la spécification provisoire aussitôt après son dépôt, comme la spécification complète; cela pourrait nuire à l'obtention des brevets étrangers et priverait le demandeur de l'avantage résultant de la période d'expérimentation, qui a déjà été indiquée dans ce rapport comme étant inhérente à la spécification provisoire; mais il est proposé de rendre publique la spécification provisoire au moment où l'inventeur donne le *notice to proceed* (l'avis qu'il persiste dans son brevet), ce qui, dans la pratique existante, doit avoir lieu huit semaines avant l'expiration de la protection provisoire. Dans la pratique suivie avant la loi de 1852, le délai accordé pour le dépôt de la spécification était de deux mois dans le cas d'un brevet pour l'Angleterre, l'Irlande ou l'Écosse seulement.

Parallèle entre le *caveat* américain et le système anglais.

Un parallèle peut maintenant être établi entre le système du caveat américain et le système de la spécification provisoire anglaise, soit tel qu'il est pratiqué, soit en le supposant développé de manière à constituer un examen précédant la délivrance du brevet. En Amérique, comme en Angleterre et, en fait, dans tous les pays, l'inventeur n'a pas de droits dans le sens légal strict du mot, tant que le brevet n'est pas effectivement délivré; la législature d'un pays ou d'un autre aurait pu déclarer le contraire; une loi du Congrès des États-Unis aurait pu reconnaître à l'inventeur un droit inattaquable sur son invention, même sans que celle-ci ait été publiée; mais cela n'a pas eu lieu et, au contraire, il n'est accordé de droits légaux qu'après un examen minutieux des prétentions du demandeur à être le véritable et premier auteur de l'invention.

Fusion des deux systèmes.

Pour la fusion des systèmes de brevets des différentes nations, un premier pas à faire paraît être de s'occuper de fondre ensemble les systèmes anglais et américain. Ce qui précède suggère un moyen facile d'y arriver.

Les principes de la loi dans les deux pays sont les mêmes; la pratique suivie en ce qui concerne la demande a le même but, qui est de donner un certain temps pour l'essai et l'épreuve de l'invention; une combinaison de la spécification provisoire avec le caveat satisfait à cette condition; aucun droit ne doit être concédé effectivement, dans l'un ni dans l'autre pays, avant qu'une description d'un genre ou d'un autre n'ait été déposée et enregistrée; à cet égard, le système anglais, tel qu'il est recommandé par le Comité d'Élite, et le système américain, sont pratiquement les mêmes.

Dans ces conditions, n'est-ce pas un raffinement que d'établir des distinctions légales sur la question de savoir quel est le pays qui reconnaît les revendications de l'inventeur de la manière la plus conforme aux prétendus droits de l'homme?

Autres distinctions.

D'autres distinctions pratiques entre les systèmes des deux pays doivent être signalées. Les droits attachés au brevet délivré et les principes de loi qui y sont appliqués sont identiques dans les deux pays. La loi et la pratique, dans l'un et dans l'autre, permettent de modifier le brevet après sa délivrance et la spécification après sa mise en archives, dans le but de corriger des erreurs involontaires ou des revendications trop larges faites par inadvertance; à la condition, toutefois, qu'il n'y aura ni prolongation du droit concédé, ni altération tendant à conférer un droit pour une chose non visée dans la concession primitive. La faculté d'introduire un *disclaimer*, c'est-à-dire de supprimer quelque chose qui était compris dans le brevet ou dans la spécification, existe dans les systèmes des deux pays. En Angleterre et en Amérique, la faculté d'apporter des modifications existe, mais elle est exercée d'une manière un peu différente : en Angleterre, elle fait partie du système du *disclaimer* et elle s'effectue par une altération du document primitif; en Amérique, la modification s'effectue à l'aide d'un système de *surrender* (retrait) et de *re-issue* (nouvelle délivrance), qui, si on le pratique avec soin, semble préférable à la pratique anglaise; c'est un point caractéristique du système américain; rien de semblable n'existe dans aucun autre pays et de hautes autorités le considèrent comme contribuant beaucoup à l'efficacité de ce système.

« Disclaimer » et amendement.

Système français des additions.

Le système français comporte des certificats d'addition pour les perfectionnements; ces certificats d'addition confèrent les mêmes droits que le brevet, avec lequel ils prennent fin. Plusieurs membres du Congrès exprimèrent une opinion favorable à l'adoption du même système pour faire partie d'un système anglo-américain amendé. Des opinions semblables ont été exprimées en beaucoup d'autres occasions, et il semblerait très-utile d'examiner si ce système ne devrait pas constituer un des points principaux d'une loi de brevets applicable à tous les pays.

« Interferences. »

Le système américain des *interferences* mérite d'être particulièrement signalé; il est destiné à constituer un moyen avantageux et efficace de juger et de résoudre les questions de priorité d'invention, entre plusieurs personnes rivales dont les demandes portent sensiblement sur la même invention. Un système semblable a existé en Angleterre, de temps immémorial, et il était de la compétence et sous l'administration des officiers de la Couronne, mais son fonctionnement pratique donnait prise à de sérieuses critiques; la spécification provisoire et le système d'examen et d'opposition qu'avait eus en vue et que réglait la loi de 1852 avaient pour but, — et ils sont de nature à y réussir, — de faire disparaître les inconvénients que présentait le système confié aux officiers de la loi; les principes de cette loi, s'ils étaient appliqués complétement, seraient des plus efficaces et des plus satisfaisants dans le cas de compétitions entre demandeurs.

Un système de procédure à l'égard des inventions rivales résulte tout naturellement du système d'examen qu'a voulu établir la loi de 1852, et auquel il est pourvu par l'annonce des demandes et par les avis d'opposition. Il serait du devoir de l'examinateur de notifier toute demande qui lui semblerait être en rivalité avec une demande précédente ou avec une invention faisant l'objet d'un brevet en vigueur. Cela mettrait fin à l'abus qui consiste dans des concessions de brevets simultanées ou successives pour une même invention faisant l'objet de plusieurs demandes de priviléges, et la compétence de l'examinateur se jugerait à l'efficacité qu'il saurait donner à cette partie du système [1].

Il y a une grande analogie entre cette partie du

1. Voir le rapport sur les lois de brevets aux Etats-Unis, par M. Harriss Gastrell, dans les « Rapports rédigés par les secrétaires d'ambassades et de légations de Sa Majesté, sur la législation et la pratique des pays étrangers, en matière d'inventions, » présentés au parlement dans la session de 1873.

système, telle qu'elle avait été comprise et réglée par la loi de 1852, et le système des *interférences* tel qu'il est pratiqué aux États-Unis ; il peut être bon d'y appeler davantage l'attention.

Le cas où un litige pour rivalité se produit au moment du dépôt d'un caveat a déjà été indiqué; mais si, dans le cours de l'examen officiel et avant la délivrance du brevet, l'examinateur croit que le brevet, s'il l'accordait, se trouverait en conflit avec une demande pendante ou avec un brevet non expiré, il doit en donner avis au demandeur ou au breveté et procéder au règlement de la question de priorité d'invention. Des hommes expérimentés considèrent ces litiges pour rivalité comme étant un moyen convenable et efficace de juger et de régler les questions de priorité d'invention, et comme évitant dans des cas nombreux de grandes pertes de temps et d'argent.

Durée des brevets en Angleterre et en Amérique.

Une autre différence qui reste à indiquer entre les systèmes de l'Angleterre et de l'Amérique réside dans la durée pour laquelle le brevet est accordé et dans la faculté d'une prolongation.

Dans le système anglais, le brevet est délivré pour quatorze ans et est exposé à déchoir, si certains payements spécifiés ne sont pas faits avant l'expiration de la troisième et de la septième années, respectivement ; il peut être accordé une prolongation de sept ans, ou même de quatorze ans, pour les inventions très-méritoires et pour lesquelles les inventeurs ou leurs représentants n'ont pas, par suite de fautes ou de négligences quelconques de leur part, été récompensés ou rémunérés convenablement.

Dans le système américain, les brevets accordés depuis la loi du Congrès de 1870 le sont pour dix-sept ans, la faculté de prolongation qui existait précédemment ayant été abolie, sans que l'on semble avoir consigné nulle part les motifs déterminants de cette abolition.

Effets des payements périodiques.

Le système de payements périodiques établi par la loi de 1852 a été adopté en vue de provoquer l'extinction des brevets pris pour des inventions qui ne seraient pas véritablement entrées en usage, ou qui ne donneraient pas de bénéfices à leurs propriétaires. On a pensé que, règle générale, ces payements périodiques progressifs ne seraient pas effectués pour les brevets qui ne rapporteraient rien à leurs possesseurs, et qu'ainsi ces brevets tomberaient et cesseraient d'être un obstacle à de nouveaux perfectionnements. On a pensé aussi qu'un brevet pris pour une invention profitable à ses propriétaires n'était pas une mauvaise base d'impôt; que si le coût premier d'un brevet était la simple représentation des dépenses nécessitées par le fonctionnement du système de brevets et des dépenses incidentes s'y rattachant légitimement, tous paiements ultérieurs pouvaient être considérés comme un impôt prélevé sur les bénéfices de l'invention.

Différents moyens ont été proposés pour provoquer l'abandon des brevets. On a suggéré de remplacer les taxes annuelles fixes, qui sont adoptées dans certains pays, par des annuités progressives; mais un sentiment tout à fait défavorable aux paiements annuels fut exprimé devant le Comité d'Élite de la Chambre des Lords, à propos des bills de 1851, qui aboutirent à la loi de 1852; ce système fut déclaré gênant et vexatoire pour les inventeurs, et le Comité adopta, après étude de la question, le système des paiements périodiques, comme étant le moins onéreux et le plus propre à atteindre le but cherché.

Les payements annuels furent, aussi, énergiquement attaqués devant le Congrès, qui adopta la résolution déjà indiquée en faveur d'une échelle progressive de taxes.

Nombre des brevets en Angleterre.

Le tableau suivant montrera le fonctionnement du système institué par la Loi de 1852, en ce qui concerne le nombre des demandes, le nombre des brevets délivrés et le nombre de ceux qui tombent à l'expiration soit de la troisième, soit de la septième année.

ANNÉES.	DEMANDES de brevets.	BREVETS scellés.	TAXE de 50 livres payée.	TAXE de 100 livres payée.
1852 octob. à décemb.	1 211	914	310	102
1853	3 045	2 187	621	205
1854	2 764	1 878	513	140
1855	2 958	2 046	551	195
1856	3 106	2 094	573	214
1857	3 200	2 028	584	221
1858	3 007	1 954	540	197
1859	3 000	1 977	542	217
1860	3 196	2 063	879	194
1861	3 276	2 047	575	179
1862	3 490	2 191	646	214
1863	3 309	2 094	632	215
1864	3 260	2 024	550	178
1865	3 386	2 186	582	193
1866	3 453	2 124	574	»
1867	3 723	2 284	619	»
1868	3 991	2 490	729	»
1869	3 786	2 407	793	»
1870	3 405	2 180	»	»
1871	3 529	2 376	»	»
1872	3 970	2 771	»	»

États-Unis.

Le tableau ci-après montrera le nombre de brevets demandés aux États-Unis dans les années indiquées, ainsi que les caveats déposés et les brevets accordés.

ANNÉES.	DEMANDES déposées.	CAVEATS.	BREVETS accordés.
1840	765	228	473
1841	847	312	494
1842	761	391	515
1843	819	315	531
1844	1 045	380	502
1845	1 246	452	502
1846	1 272	448	619
1847	1 531	553	572
1848	1 628	607	660
1849	1 955	595	1 070
1850	2 193	602	995
1851	2 258	760	869
1852	2 639	996	1 020
1853	2 673	901	958
1854	3 324	868	1 920
1855	4 435	906	2 024
1856	4 960	1 024	2 502
1857	4 771	1 010	2 910
1858	5 364	934	3 710
1859	6 225	1 097	4 538
1860	7 653	1 084	4 819
1861	4 643	700	3 340
1862	5 038	824	3 521
1863	6 014	787	4 170
1864	6 932	1 063	5 020
1865	10 664	1 937	6 616
1866	15 296	2 723	9 450
1867	21 276	3 597	13 015
1868	20 420	3 705	13 378
1869	19 271	3 624	13 986
1870	19 171	3 273	13 321
1871	19 472	3 366	13 033
1872	18 246	3 090	13 590

Une comparaison de ces tableaux permet de tirer

quelques conclusions sur l'influence que les systèmes anglais et américain exercent, respectivement, sur la péremption des brevets.

Brevets demandés et abandonnés.

Environ un tiers des brevets demandés ne dépassant pas la première phase, celle de la protection provisoire, on pourrait dire qu'ils meurent de causes naturelles.

Des brevets qui sont délivrés, les sept dixièmes à peu près tombent à la fin de la troisième année, n'en laissant debout que trois dixièmes environ; neuf dixièmes ont pris fin à l'expiration de la septième année, de sorte qu'un dixième seulement subsiste[1]. Il semblerait, d'après cela, qu'environ le dixième seulement des brevets délivrés portent sur des inventions qui présentent une utilité suffisante pour supporter la taxe payable à la fin de la septième année. Mais l'abandon d'une partie de ces brevets doit être attribué à ce qu'il en a été pris de nouveaux à la suite de perfectionnements.

L'effet des taxes annuelles progressives pour amener l'extinction d'une partie des brevets existants et en diminuer ainsi le nombre doit être indiqué ici. En Belgique, les brevets sont délivrés pour vingt ans et sont soumis au paiement d'une annuité qui augmente de 10 francs chaque année; de sorte que, la première étant de 10 francs, la dernière est de 200 francs. Le nombre des brevets délivrés annuellement en Belgique a été de 1600 en moyenne pour la période décennale comprise entre 1854 et 1863; le

1. La moyenne pour la période décennale expirant en 1865 (année à laquelle remontent les dernières patentes pour lesquelles le second payement soit échu) donne les chiffres suivants : Demandes, 3222 ; — délivrances, 2065 ; — brevets pour lesquels le premier payement périodique a été fait, 580 ; — id. le deuxième payement, 220.

nombre des brevets pour lesquels la taxe fut payée la troisième année a été de 325, et le nombre de ceux pour lesquels fut acquittée la taxe de la septième année a été de 36. Sur 1028 et 1788 brevets délivrés en 1854 et 1855, respectivement, la taxe ne fut payée que pour trois la seizième année, et pour aucun la dix-septième année[1]. Des taxes annuelles progressives sont aussi adoptées dans d'autres pays, comme l'Autriche et la Bavière. Ainsi qu'on l'a vu ci-dessus, sur les brevets délivrés en Belgique et qui sont soumis au paiement d'annuités progressives, les huit dixièmes environ furent abandonnés à la troisième année et deux dixièmes ou un cinquième seulement subsistèrent; et à la fin de la septième année un cinquantième seulement des brevets accordés était encore debout. La comparaison est curieuse et il serait désirable d'obtenir les statistiques d'autres pays sur le même sujet. La coïncidence de la proportion des brevets tombant la troisième année, en Belgique et dans le Royaume-Uni, est remarquable.

Brevets abandonnés.

Il serait désirable aussi de déterminer le rapport du nombre des brevets avec le chiffre de la population. Dans le Royaume-Uni, il se prend à peu près un brevet par 10,000 habitants, et aux États-Unis un par 3000 habitants, environ.

En proportion de la population.

Avec le système de l'examen, aux États-Unis, dans la période décennale finissant en 1852, le nombre moyen de brevets délivrés fut moins que moitié du nombre des demandes; dans la période décennale finissant en 1862, la moyenne atteignit environ les trois cinquièmes, et dans la période égale finissant

Résultat de l'examen en Amérique.

1. Voyez le rapport de M. J. E. Kennedy, secrétaire de légation en Belgique, dans les « Rapports sur les inventions, » présentés au parlement, session 1873.

en 1872, environ les deux tiers; le rapport est donc sans cesse croissant entre le nombre des brevets demandés et celui des brevets accordés, ce qui est un fait méritant une mention spéciale [1]. L'examen de la nouveauté, en diminuant d'un tiers le nombre des brevets, donne un résultat important; mais les deux tiers restants (au lieu d'un dixième) représentent des brevets accordés qui demeurent en vigueur pendant tout le terme de dix-sept ans. Le contraste est remarquable et conduit à se demander si des payements périodiques ne pourraient pas être introduits avec avantage dans le système de brevets des États-Unis.

Développement du système de brevets américain.

Le développement du système des brevets en Amérique est très-digne d'attention.

La Constitution des États-Unis (1789) donna pouvoir au Congrès « de favoriser les progrès de la science et des arts utiles, en assurant aux créateurs et aux inventeurs, pour un temps illimité, un droit exclusif sur leurs inventions et découvertes », ce qui était l'adoption de la loi commune du Royaume-Uni sur les droits des auteurs, lesquels, avant le statut d'Anne, avaient un droit perpétuel sur leurs ouvrages. En conformité de cet article de la Constitution, le Congrès vota en 1790 une loi autorisant la délivrance de brevets de quatorze ans pour les inventions ou découvertes jugées suffisamment utiles et importantes;

1. Tableau des brevets aux Etats-Unis pour trois périodes décennales :

ANNÉES.	DEMANDES déposées.	CAVEATS introduits.	BREVETS délivrés.
1843 à 1852	16 586	5 708	7 340
1853 à 1862	49 086	9 348	30 252
1863 à 1872	155 722	27 165	105 579

cette loi fut remplacée en 1793 par une loi qui définissait l'objet d'un brevet en disant qu'il pouvait consister dans tout art, machine, fabrication ou combinaison de matière, présentant de l'utilité, ou dans tout perfectionnement nouveau et utile de ces mêmes choses, n'ayant été ni connu ni employé avant la demande du brevet. En 1836, une loi du Congrès abrogea toutes les lois précédentes, fonda un Bureau des brevets et institua l'examen, par les Commissaires des brevets, des inventions ou découvertes présentées comme nouvelles, avec faculté d'appel. Cette loi fut la base du système actuel et fut complétée par la loi de 1870 tendant à « réviser, consolider et amender les statuts relatifs aux brevets et aux droits d'auteur. » Aujourd'hui, le système américain ne fait plus de distinction entre les citoyens et les étrangers (excepté pour les caveats) ; il n'y a plus maintenant de restriction ni de condition quant à l'endroit où se fait la fabrication[1].

Cette législation a eu des conséquences qui méritent d'être remarquées. Un grand nombre d'étrangers de talent ont afflué vers les États-Unis et l'invention a été stimulée d'une manière extraordinaire. Les demandes de brevets formées annuellement s'élèvent à 20,000 ou 21,000, et les délivrances à 14,000 ou 15,000. Depuis 1836, il a été accordé plus de 140,000 brevets, dont la moitié au moins sont dits avoir été rémunérateurs ; c'est là un résultat du système américain qui contraste de la façon la plus favorable avec les effets du nôtre. Parmi les causes de cette incitation extraordinaire à inventer dont témoigne le nombre de brevets délivrés, il faut noter :

1. Par une loi du Congrès, de 1832, le breveté était tenu de faire entrer son invention dans l'usage public dans le délai d'une année.

1° La libéralité du système à l'égard des étrangers;

2° Le chiffre peu élevé des frais;

3° La sécurité résultant de l'examen ;

4° La diminution du nombre des procès, due à ce système ;

5° L'élévation de l'invention au rang d'une profession reconnue et respectée.

Résultats du système américain.

Comme conséquence de cette libéralité vis à-vis des inventeurs, du faible coût des brevets et de la garantie de sécurité qui résulte de l'examen, on applique facilement les capitaux à exploiter des brevets, le nombre des procès diminue, on attaque rarement la validité d'un brevet dans son objet ou dans sa nouveauté, et l'invention a été élevée au rang d'une profession jouissant du crédit et du respect publics. Les inventeurs américains présents à l'exposition de Vienne en furent une manifestation frappante. La supériorité qu'ils montrèrent ne peut pas être attribuée à leur éducation scientifique, car, à cet égard, l'Allemagne est beaucoup en avance sur l'Amérique; considérés comme classe, les inventeurs des Etats-Unis étaient des hommes studieux, au jugement net, modestes dans leurs prétentions, résultat qui doit être attribué surtout au respect que l'on professe aux Etats-Unis pour ceux qui perfectionnent les machines épargnant du labeur, et pour ceux qui ont travaillé avec succès au progrès croissant de l'esprit humain et à son triomphe graduel sur la matière.

Système belge.

La loi belge, à laquelle se réfère spécialement la sous-résolution ci-dessus, admet des brevets d'invention, d'importation et de perfectionnement. Le brevet d'invention est accordé pour vingt ans à l'inventeur qui prend son brevet en Belgique avant de le prendre ailleurs ; s'il a été pris d'abord un brevet dans un autre pays, le brevet belge a la même durée que celui-ci; ainsi, par exemple, si le brevet a été demandé d'abord en Angleterre, le brevet belge durera quatorze ans, et il en durera quinze si c'est en France que le brevet primitif a été obtenu. Le brevet de perfectionnement expire avec le brevet originel auquel il se rapporte. Les brevets, en Belgique, sont délivrés sans enquête ni examen, sur le dépôt de deux exemplaires de la description et des dessins de l'invention ; ils sont soumis à une taxe annuelle et à la condition d'exploiter l'invention dans le délai d'un an à partir du jour où elle est exploitée dans un autre pays. Le mot « exploiter » a été interprété comme signifiant : construire, employer et vendre l'invention qui fait l'objet du brevet; mais, quant à savoir si l'on satisfait à la condition d'exploitation en important des articles fabriqués à l'étranger ou si, au contraire, l'invention doit être mise en œuvre sur le territoire belge, de manière que l'industrie nationale profite de la fabrication, c'est une question laissée à l'appréciation du gouvernement. Les tribunaux belges déclinent toute compétence dans la matière et admettent qu'il a été satisfait dans ce cas à la prescription dont il s'agit et que le brevet est valable jusqu'à ce que la déchéance en ait été prononcée par le gouvernement, qui passe pour agir avec une louable libéralité à cet égard.

Attributions de l'administration et des tribunaux.

Que la détermination de la validité ou de l'invalidité d'un brevet, pour exécution ou inexécution d'une condition de ce genre, appartienne à un bureau du gouvernement, et non aux tribunaux ordinaires, c'est là une chose tout à fait contraire à la pratique anglaise et américaine et aux notions que l'on a, dans ces deux pays, du mode de détermination des droits. La loi belge n'est pas isolée à cet égard, et en Autriche-Hongrie le ministre du commerce décide sur la validité et l'invalidité ou la déchéance des brevets; les autorités judiciaires connaissent d'abord des questions de contrefaçon, et en dernier ressort on en appelle au ministre du commerce. Dans certains cas, comme par exemple pour une contestation de propriété, on peut s'adresser au juge du tribunal civil, mais le ministre de l'industrie et du commerce décide sur toutes les questions de nouveauté et de validité du brevet.

La modification de cette partie du système et son remplacement par le système de l'Angleterre et de l'Amérique sont ardemment désirés par les inventeurs.

Projet de loi pour l'Allemagne.

Dans la résolution ci-dessus, il est fait allusion à un projet de loi sur les brevets préparé par la Société des ingénieurs allemands, dont des épreuves avaient été distribuées au Congrès. D'après ce projet, on peut demander des brevets pour les objets suivants :

1° Produits de l'industrie;

2° Méthode pour les obtenir;

3° Machines, appareils ou outils nouvellement découverts ou inventés, sans avoir égard à leur utilité.

Et aussi pour des modifications, pourvu qu'elles paraissent constituer des inventions ou découvertes nouvelles et indépendantes perfectionnant les produits, méthodes, etc., mentionnés ci-dessus. Ces modifications peuvent faire l'objet de brevets distincts ou de brevets de perfectionnement.

Toutefois, les délivrances doivent être soumises à la condition que ce qui doit en faire l'objet n'ait pas encore été divulgué par voie de publication dans une langue européenne, ou n'ait pas été mis en œuvre dans l'Empire allemand, d'une façon qui permette d'exécuter complétement l'invention. L'usage secret d'une invention ne doit pas s'opposer à ce qu'elle soit brevetée, et les autorités chargées du service des brevets ne doivent pas être tenues officiellement de porter leur attention sur ce qui s'est passé en dehors des limites de l'Empire Allemand.

On doit donner la préférence au premier demandeur et les brevets doivent être accordés à tout sujet jouissant de la protection des lois; mais les étrangers doivent élire domicile dans l'empire d'Allemagne, à moins que la Confédération générale n'en dispose autrement pour des raisons de réciprocité. Cette dernière restriction est contraire au principe adopté par le Congrès; quant à ce que propose le projet relativement à ce qui sera susceptible d'être breveté et à la divulgation, cela ne diffère pas de ce qui existe dans la plupart des pays.

La loi proposée pour l'empire d'Allemagne ayant été particulièrement indiquée comme digne d'être consultée pour la création d'un système international, il semblerait désirable de la modifier de suite sur ceux des points ci-dessus qui présentent des divergences.

Les communications contenues dans l'Appendice au présent rapport montreront les différents plans proposés au Congrès pour la réforme ou l'amélioration du système des brevets[1]. Les points de contact sont très-nombreux; les points de désaccord et de divergence sont rares; sans essayer de mettre tous ces plans d'accord, il pourra être utile, pour répondre aux vues du Congrès, de présenter, à la fin de ce rap-

1. Nous n'avons pas traduit la totalité des volumineux documents contenus dans l'Appendice du rapport de M. Thomas Webster, ces documents, qui sont, pour la plupart, officiels, ayant déjà été publiés; nous nous y référons, d'ailleurs, toutes les fois qu'il sont cités.

port, l'esquisse d'un plan propre à servir de base à un système de brevets de tous les pays.

Troisième résolution.

La troisième résolution soumise au Congrès fut la suivante :

III. Par suite des grandes anomalies qui existent entre le régime actuel des brevets et les relations commerciales internationales, qui se sont modifiées, une réforme est devenue d'une nécessité évidente, et il est urgent que les gouvernements s'efforcent d'établir aussi promptement que possible une entente internationale au sujet de la protection par les brevets.

Cette résolution donna lieu à un débat sur la question de l'établissement d'une loi internationale, et dans le cours de cette discussion on s'occupa de la lettre de M. Woodcroft, surintendant des spécifications au *Patent Office* anglais, lettre lue au Congrès par le Dr Haseltine, le jour précédent et dont le signataire proposait, dès 1856, une entente de ce genre, à la suite de ses propres réflexions et de ses propres recherches sur les systèmes de brevets des autres pays. Cette lettre signalait les difficultés que présentait la réalisation d'une loi véritablement internationale, comme l'est la législation des droits d'auteur. Le cas des droits d'auteur n'est pas exactement le même que le cas des brevets, car les conditions différentes dans lesquelles se trouvent les arts industriels, dans les divers pays, peuvent rendre important d'examiner les distinctions territoriales qu'il faudrait établir au sujet de la durée des brevets et des conditions de leur jouissance. Il semble que la meilleure voie à suivre serait de fondre, d'unifier aussi complétement que possible la législation, ainsi que la pratique et les formalités des différents pays, pour en constituer un système basé sur les principes qui sont indiqués dans les résolutions du Congrès, et principalement sur la reconnaissance des revendications de l'inventeur dans tous les pays par la concession d'une protection par brevet au véritable et premier inventeur ou à ses représentants seulement.

Les dernières résolutions furent les suivantes :

IV. Le Congrès donne pouvoir au Comité Préparatoire de poursuivre la tâche commencée par le premier Congrès international, et d'employer toute son influence à répandre aussi largement que possible et à faire mettre à exécution les principes qu'il a sanctionnés.

Dernières résolutions.

V. Le Comité est autorisé également à s'occuper de provoquer un échange d'opinions sur ce sujet et d'organiser, à des époques indéterminées, des assemblées et des conférences entre les partisans de la protection par les brevets.

VI. Dans ce but, le Comité Préparatoire est désigné par les présentes pour agir comme Comité exécutif permanent, avec pouvoir de s'adjoindre d'autres membres et de désigner la date et le siége de la prochaine réunion du Congrès, dans le cas où une nouvelle réunion serait jugée utile pour servir les vues exprimées dans les résolutions ci-dessus.

Ces trois dernières résolutions ont rapport aux travaux futurs et à l'action du Congrès.

En vertu de l'autorité qui lui avait été ainsi déléguée, le Comité exécutif se réunit le lendemain sous la présidence du baron von Schwartz-Senborn et prit des mesures pour les travaux à venir[1].

Observations finales.

Au commencement de ce rapport, il a été question

1. Voir p. 129.

de la protection temporaire accordée par la loi d'Autriche-Hongrie aux objets qui sont matière à brevet ou à un autre genre de garantie, comme les marques et dessins de fabrique.

La législation austro-hongroise applicable à la matière est formée de la loi du 15 août 1852, des lois du 7 décembre 1858 et de la loi du 15 juin 1865. Le 16 décembre 1869, fut conclu entre la Grande-Bretagne et l'Autriche un traité de commerce stipulant que « les sujets de chacun des deux pays jouiront, « dans les possessions de l'autre, de la même protec- « tion que les nationaux, au sujet des droits de pro- « priété sur les marques et autres signes de fabrique, « ainsi que sur les modèles et dessins de fabrique. » La même loi interdisait aussi de s'emparer du nom, de la raison sociale, des armes ou du titre particulier de l'établissement d'un autre manufacturier ou commerçant de l'intérieur, pour en marquer des marchandises destinées à être vendues.

Poursuites intentées pour emploi de noms ou de raisons sociales.

L'autorité de la loi fut invoquée, pendant l'Exposition de Vienne, dans les trois cas suivants : L'un est le cas Atkinson, « pour l'emploi de la raison sociale « sur des flacons de parfumerie qui, à leur partie « supérieure, autour du goulot, portaient le nom At- « kinson » produit dans le verre, et sur l'étiquette desquels était imprimé le nom de la maison de Londres. Dans deux affaires, les contrefacteurs furent poursuivis devant le juge ; ils furent condamnés et dûment punis et la confiscation des marchandises fut prononcée ; mais, dans une troisième affaire, le magistrat refusa d'intervenir, par ce motif que la raison sociale (Messrs Atkinson and C°) n'avait pas été déposée comme marque de fabrique, conformément à la loi austro-hongroise du 7 décembre 1858. Il fut invoqué que ce n'était pas là l'usage du nom comme « marque de fabrique », qui nécessite un dépôt, mais qu'il s'agissait de l'emploi frauduleux du nom d'une maison; que le nom d'une maison n'a pas besoin d'être enregistré; qu'il ne constitue pas une marque de fabrique et, par conséquent, n'a pas à être déposé comme tel. Mais la décision du magistrat fut confirmée en appel par le *Statthalterei*, juridiction politique administrative de la province de Basse-Autriche.

Les manufacturiers se trouvèrent ainsi, contre toute attente, placés dans cette situation d'avoir à déposer le nom de leur maison avant de jouir d'aucune protection, ou de voir les tiers pouvoir s'emparer de ce nom impunément.

On en appela devant le ministre impérial des affaires intérieures, qui cassa les décisions des deux autres juges et décida « que les fabricants et « commerçants autrichiens n'avaient aucun droit de « faire usage du nom d'une maison anglaise, même « si le nom de cette maison n'avait pas été déposé « en Autriche[1]. »

Marque de fabrique.

Dans l'autre cas, le cas Christy, il y avait eu adoption non autorisée d'une marque de fabrique déposée; une condamnation fut obtenue et la contrefaçon arrêtée.

Dans ces deux cas, les fabricants anglais ont reconnu que leur triomphe était dû, pour beaucoup, à l'appui que leur avait prêté le bureau de la Commission anglaise.

La distinction que la loi autrichienne établit entre les marques de fabrique et les noms de maisons de

1. Voir le rapport du Dr Weinman sur les procès faits devant les tribunaux autrichiens pour contrefaçon de raisons sociales et de marques de fabrique appartenant à des maisons anglaises.

commerce, dont les premières ont besoin d'être déposées, tandis que cela n'est pas nécessaire pour les seconds, est bien justifiée et est conforme à la législation et à la pratique des autres pays. On admet aisément que chacun soit propriétaire de son nom ou de la raison sociale de sa maison, et ait le droit d'empêcher qui que ce soit d'en faire un usage frauduleux. Le nom ne peut appartenir à aucun autre, mais un emblème ou une marque de fabrique adoptée pour la première fois pour un but spécial n'a pas la même origine, le même caractère personnel, et peut raisonnablement être soumise à la condition d'un dépôt destiné à faire connaître qu'elle a été adoptée et est devenue une propriété. En Grande-Bretagne, le dépôt n'est nécessaire ni dans ce cas ni dans l'autre, mais on l'a souvent offert en preuve de la propriété d'une marque de fabrique. On peut faire observer ici que l'acquisition ou la création de la propriété au moyen et à la suite du dépôt, et l'usage d'effectuer un dépôt pour prouver le titre et la propriété, sont bien connus dans ce pays-ci en ce qui concerne les dessins de fabrique et les ouvrages littéraires. On a proposé d'adopter aussi le mot « déposé » pour les inventions; mais il est désirable que ce mot ne s'applique qu'aux dessins et aux œuvres littéraires faisant l'objet d'un droit d'auteur et ne soit pas étendu aux inventions. La propriété par le dépôt est acquise par ce seul fait que l'intéressé l'a effectué.

Sens défini du mot « déposé ».

Inventions imitatives.

La vaste collection de machines empruntée à toutes les parties du globe et réunie à l'Exposition de Vienne a montré de nombreux cas où l'on avait profité de l'absence de toute protection par brevets. Il serait facile, si l'on n'était arrêté par des raisons de convenance, de citer des cas de ce genre, dont quelques-uns peuvent, au surplus, n'être dus qu'à l'ignorance. Or, on a pu observer que, le plus souvent, l'appareil produit par l'imitateur était de beaucoup inférieur à celui qui avait été fait par l'inventeur ou son représentant, ou sous sa direction. Il est possible que, dans certains cas, ce soient les premiers types créés qui aient été imités. On a pensé que l'absence d'une loi sur les brevets présentait des avantages considérables, parce que les fabricants d'un pays étaient ainsi libres d'employer les plus récentes découvertes des inventeurs des autres pays, et qu'en empruntant une chose à une invention et une autre chose à une autre ils devaient pouvoir, par cette réunion, constituer une machine plus parfaite que celle décrite dans un quelconque des brevets. Mais l'Exposition de Vienne, qui offrait de nombreux exemples d'imitations, semble avoir laissé une impression générale qui est en faveur des machines provenant directement de leurs inventeurs.

Inventions édifiées sur les brevets.

Les moissonneuses et autres machines agricoles et les machines à coudre pourraient être choisies particulièrement comme exemples de la façon dont les inventions s'édifient sur les brevets; quiconque est au courant des transformations rapides que ces machines ont subies pendant ce dernier quart de siècle ne peut manquer d'être frappé du développement et des progrès rapides qu'ont produits le capital et le talent, aidés de la protection donnée par les brevets. D'après une personne familière avec l'histoire des machines à coudre[1], les meilleurs types qui existent

1. Voir la déposition de M. L. E. Chittendon devant le Comité d'Élite de la Chambre des Communes pour l'examen de la question des brevets d'invention, 6 juillet 1871.

de ces machines renferment des perfectionnements qui n'ont pas fait l'objet de moins de cinquante brevets, et, de même, les meilleures moissonneuses, les meilleurs moteurs et d'autres machines agricoles, doivent le jour à l'organisation que le système des brevets a développée aux États-Unis.

Les brevets favorisent l'invention.

Dans ce pays, l'invention est une profession reconnue, et quiconque est au courant de ses progrès ne peut pas douter qu'ils ne soient dus principalement au système de brevets qui y existe. Les témoignages rendus sur les effets du système américain et sur la manière dont il est appliqué ne peuvent pas être mis en doute : tous les témoins sont d'accord pour penser qu'il y a plus de sécurité et qu'il se produit moins de procès, au sujet de ce genre de propriété, que dans tout autre pays, et qu'il faut attribuer ce résultat au système de l'examen. Les procès qui ont lieu aux États-Unis, et qui sont considérables, sans doute, portent généralement sur des questions de contrefaçon et de dommages-intérêts, et non sur des questions de nouveauté; on peut espérer que ces procès diminueront à mesure que le système d'examen sera rendu plus efficace.

Diminution du nombre des brevets, produite par l'examen.

La diminution que ce système produit sur le nombre des brevets délivrés, comparativement au nombre de ceux qui sont demandés, a déjà été signalée plus haut; il ne faut pas oublier d'en indiquer une autre conséquence, qui est de protéger le demandeur contre sa propre ignorance et de lui épargner une perte de temps et d'argent. Si l'on a pu dire que l'histoire se répète, il est également vrai qu'une idée se reproduit; on ne peut donc s'étonner de trouver, dans les recueils du *Patent Office*, la même idée indiquée plusieurs fois, et fréquemment avec des moyens de réalisation très-peu différents; mais il s'agit alors d'une invention prématurée et qui a avorté faute d'un développement pratique[1]. Un système d'examen fait bénéficier l'inventeur de l'expérience accumulée du bureau des brevets, il l'avertit des écueils auxquels d'autres se sont heurtés, et s'il ne peut pas indiquer quel chemin l'invention doit suivre, il peut du moins signaler la voie qu'elle doit éviter.

En outre de tout cela, il procure à l'inventeur une économie d'argent très-importante. En supposant qu'un système d'examen empêche la délivrance de la moitié des brevets qui sont accordés aujourd'hui dans le Royaume-Uni, ce qui est la proportion que l'on atteindrait, à en juger par ce qui a lieu aux États-Unis, chaque inventeur économiserait annuellement vingt livres sterling, comme taxes seulement et non compris les autres frais, lesquels forment un total considérable qui, en y comprenant le temps et le travail des inventeurs, n'est pas moindre de 50,000 livres par an pour l'ensemble. De telles conséquences ne doivent être ni négligées ni ignorées.

Argent épargné par les inventeurs.

Un musée des arts industriels est intimement lié avec un système de brevets et en fait partie. Nous ne proposons pas que l'on collectionne et que l'on conserve des modèles de toutes les inventions : une pareille collection deviendrait bientôt un embarras inutile; mais nous proposons que l'on forme un musée au moyen de modèles choisis, représentant les progrès et l'état actuel de l'invention, en les groupant

Musée des Arts industriels.

1. On en a eu récemment un exemple remarquable, pour les machines à coudre. Dans la spécification d'un brevet pris pour « bottes et souliers » (brevet Saint, 17 juillet 1790), se trouve indiquée une machine pour faire le point de couture.

par classes d'après leur but, et qu'ils servent à des cours bien entendus[1].

Dépôt de modèles.

Aux États-Unis, les commissaires des brevets peuvent, dans certains cas, exiger le dépôt de modèles, et il est intéressant d'examiner si cette disposition ne devrait pas entrer dans la loi des brevets unifiée et internationale dont le Congrès de Vienne et les travaux postérieurs du comité exécutif avaient pour but principal de provoquer la création.

Établissement d'instruction technique.

Un semblable examen des inventions pour lesquelles des brevets seraient demandés et un musée des arts industriels feraient partie d'un grand établissement pour l'instruction technique. Que l'on veuille bien remarquer que le système des brevets, dans le Royaume-Uni et aux États-Unis, fait plus que suffire à ses frais, et ne pas perdre de vue que, depuis le 1er octobre 1852, origine du système de brevets institué par la Loi de 1852 amendant la législation sur les brevets (*Patent Law Amendment Act*, 1852), jusqu'au 31 décembre 1872, le total des sommes payées par les inventeurs pour les brevets excède 2,000,000 livres sterling, et que l'excédant de recettes total pour la même période est de 1,012,928 livres sterling; pour la seule année 1872, les recettes ont excédé les dépenses de 85,611 livres, 1 shelling, 9 deniers.

Le système des brevets couvrant ses frais.

L'excédant des taxes de brevets sur les dépenses du *Patent Office* des États-Unis a été, pour l'année 1873, de 691,178 dollars. On peut accorder qu'un système de brevets doit couvrir ses dépenses; une fois ce résultat atteint, on peut dire, comme

1. Voir le rapport et les recommandations du comité d'élite de la Chambre des communes, présidé par M. Dillwyn, sur la bibliothèque et le musée du Patent Office, 1864.

l'écrivait en 1856 le comte de Derby (lord Stanley à cette époque) : « qu'imposer les inventions est une expérience que n'ont jamais eue en vue les promoteurs de la loi de 1852, et qui est injustifiable même sous la pression de la plus grande pénurie financière. J'ose donc demander que cet impôt soit aboli ou que les taxes encaissées par le *Patent Office* ne soient applicables dorénavant qu'aux besoins du *Patent Office*. Dès que le Trésor cessera d'être intéressé dans la quotité des taxes perçues, la question de savoir quelles devront être ces taxes et quelles limites il peut convenir de leur assigner présentera moins de difficultés. »

On ne peut pas dire que les frais de fonctionnement du système dans le Royaume-Uni aient été déterminés, puisque les bâtiments nécessaires pour y installer convenablement un bureau et une bibliothèque des brevets, ainsi qu'un musée des arts industriels, et aussi le système d'examen, la préparation et la publication de tables bien détaillées et d'un historique des inventions, motiveraient des dépenses qui n'ont pas été fixées.

Diminution des frais, et examen.

On a dit avec raison que la réduction du prix des brevets au minimum et le système de l'examen devaient aller ensemble. Les avantages qui en résulteraient pour l'inventeur pauvre ne peuvent être estimés trop haut. Il est clair que l'examen sert ses intérêts, en le protégeant contre sa propre ignorance, en lui signalant avec preuves à l'appui la marche suivie par l'invention dans la pratique, en épargnant son travail, son temps et son argent, et en donnant de la valeur et de la sécurité à son brevet quand il lui est accordé. On a parlé des plaintes soulevées par le système de l'examen aux États-Unis ; comme nous l'avons déjà fait observer, le refus du tiers — et même, pour certaines années, de la moitié — des brevets demandés ne peut manquer d'amener quelques mécontentements, quoique beaucoup de demandeurs, peut-être, acquiescent au rejet; mais il est affirmé, d'après de bonnes autorités, que « les plaintes contre le système des brevets des États-Unis ont presque exclusivement pour motif des brevets qui ont été accordés à tort, faute d'une attention suffisante apportée à leur examen[1]. »

Un brevet doit être délivré pour un objet bien défini.

Aux arguments déjà donnés en faveur d'un examen fait par des personnes compétentes, on peut ajouter cette considération que, si la délivrance de brevets est, comme cela est allégué par les adversaires, une infraction commise sur le libre domaine du savoir, il convient de ne négliger aucun moyen de définir, de délimiter et de rendre aussi certain que possible ce qui est interdit au public pendant le temps limité fixé par le brevet; et que cela exige un degré de savoir que l'inventeur ne peut ni posséder ni acquérir, et que l'on ne peut trouver que dans un corps officiel. Un brevet ainsi délimité est celui qui a le plus de valeur pour l'inventeur, qui est le moins restrictif pour l'industrie et le commerce et le moins vexatoire pour le public. Cette sécurité résultant de l'examen est la seule explication que l'on puisse trouver à ce fait, affirmé aussi sur de bonnes autorités, que les neuf dixièmes de tout le capital placé dans l'industrie, aux États-Unis, ne reçoit ce placement qu'à cause de la sécurité qu'il trouve dans l'existence des brevets, attendu que très-peu de personnes se montreraient disposées à mettre leur argent

1. Voy. le Rapport fait au Congrès par le commissaire Leggett, pour l'année 1873.

dans l'industrie, si, une fois qu'elles auraient ouvert un marché et rendu populaires leurs produits, d'autres établissements pouvaient se fonder dans le voisinage le plus proche, leur faire concurrence sur le marché et recueillir les bénéfices de leur travail de pionniers[1].

Avant de finir ce rapport, il est bon d'examiner comment et dans quelle mesure a été exécuté le programme qui a servi de base au Congrès des brevets et se sont réalisées les prévisions des promoteurs.

Comment a été exécuté le programme.

Le programme appelait l'attention sur la controverse qui s'est élevée tout récemment sur la question de savoir s'il était politique de délivrer des brevets, en tenant compte des principes du libre commerce et de leur application générale, — de l'adoption d'un régime douanier très-libéral, — des résultats produits par les communications plus faciles qui relient aujourd'hui des centres d'industrie autrefois isolés, — de l'échange international des matières et des produits, — des conséquences de la concurrence sans restriction faite par le pays où n'existe aucune protection par brevets, — de l'attraction et de la concentration du travail éclairé dans les pays jouissant de cette protection, — du devoir qui incombe aux défenseurs du système de lever les doutes et les scrupules qui existent dans certains esprits, touchant la possibilité pratique et l'utilité économique de cette protection, et de s'efforcer ensuite d'opérer la transformation des lois existantes en un système uniforme.

Outre les observations déjà présentées sur la connexité qui existe entre le commerce libre et le droit

1. Voy. le Rapport fait au Congrès par le commissaire Leggett, pour l'année 1873, et p. 135, l'adresse de l'honorable J.-M. Thacher.

attaché aux brevets, on peut se demander encore si les mots « commerce libre » et « protection », dans le sens que les économistes leur donnent aujourd'hui, s'appliquent bien au système des brevets. On entend par commerce libre le droit pour chacun de disposer librement de ce qu'il a légalement acquis, sans préjudicier aux droits d'autrui. Ainsi, « commerce « libre » signifie simplement libre échange entre les nations, contribuant au bien-être et à la richesse de tous; ces avantages n'exigent aucun sacrifice de la part d'un pays au profit d'un autre; au contraire, par ce moyen et sans plus de travail, la somme de la puissance productive de l'homme se trouve largement augmentée dans le monde entier, augmentation qui est due en partie à la disparition de l'ignorance et de la fraude, et en partie aux efforts communs du talent et de la science pour obliger la nature à pourvoir aux besoins de l'homme. Les brevets, c'est-à-dire la protection accordée pour les inventions ou la propriété donnée sur celles-ci, viennent en aide à ces efforts en stimulant le travail d'invention par la rémunération qu'ils assurent au travail dépensé et aux services rendus. Une propriété de ce genre n'est un monopole que dans l'acception de ce mot qui permet de dire que toute propriété est un monopole. L'application impropre de ce mot monopole, ou la méprise que l'on commet sur son sens véritable, est la vraie cause de cette idée que le droit de brevet ou la propriété sur les inventions est inconciliable avec le libre commerce; tout au contraire, la liberté du commerce est la condition première et essentielle d'un système rationnel de protection des inventions établi sur une base libérale. Le commerce libre est le droit de toute initiative individuelle à

Commerce libre.

Véritable monopole.

faire commerce des choses qui sont communes à tous, sans contrainte ni restrictions, dans l'intérêt supposé des nations ou des individus. Le commerce libre, et la protection des inventions ou le droit de brevet, sont l'un à l'autre exactement ce que la liberté de la presse est au droit d'auteur.

Protection.

L'antithèse du « commerce libre », c'est la « protection », dont l'extinction sera le triomphe des principes du commerce libre. Ici encore, la mauvaise application des mots amène la confusion. Dans une de ses acceptions, le mot protection signifie établissement de taxes fiscales; dans une autre acception, il veut dire propriété; les taxes constituent une protection qui n'a aucun rapport avec les droits de propriété, tandis que la protection des inventions signifie la protection de la propriété en matière d'inventions.

La conclusion à tirer de ce qui précède, c'est que le droit de brevet, ou la propriété en matière d'inventions, n'est nullement en contradiction avec les principes du libre commerce.

Les brevets n'ont pas non plus pour conséquence d'élever les prix de façon à gêner la liberté des échanges de produits, comme le font les impôts prélevés sous forme de droits de douane.

L'expérience démontre que les inventions ont pour effet soit d'abaisser le prix, soit d'améliorer la qualité, et souvent les deux ensemble. L'abaissement du prix est le véritable agent moteur : si l'article n'est pas à meilleur marché, le public tiendra généralement peu de compte de la qualité, et continuera à acheter l'article ancien. Il est donc difficile de concevoir comment un système de brevets, quel qu'il soit, peut nuire à la libre concurrence dans les échanges de produits, échanges qui ont une tendance à progresser. Un autre fait à noter, c'est que le pays où l'invention a pris naissance commande généralement tous les marchés du monde, et que les pays qui sont libres de s'emparer de toutes les inventions étrangères ne trouvent dans cette faculté qu'un avantage plus imaginaire que réel, et qui n'est pas suffisant pour commander des marchés neutres. Les lois sur les brevets ayant pour but de faire naître un commerce qui, une fois créé et établi, doit être libre, les principes et les effets de ces lois sont en harmonie parfaite avec les principes du commerce libre, comme nous l'avons déjà fait observer. On peut donc conclure que les lois sur les brevets n'empêchent aucunement la concurrence de se produire pour les articles qui font l'objet du commerce. Sur ce point de la question, on ne doit pas oublier que l'inventeur et ses associés sont les personnes les plus intéressées à imposer l'invention nouvelle à un public prévenu contre elle, et en même temps les plus propres à y réussir. Ceci est un des arguments économiques en faveur de la délivrance du brevet à l'inventeur ou à ses représentants seulement, et d'un système de brevets international, de manière que les droits accordés à l'inventeur soient universels aussi bien que les lois sur lesquelles l'invention est basée.

Les brevets sont en harmonie avec les principes du commerce libre.

L'art industriel en Suisse et en Allemagne.

Pour se rendre compte si l'absence de brevets est profitable ou nuisible à un pays, on peut se reporter à l'état des arts industriels en Suisse et en Allemagne. Dans la plus grande partie de la Suisse, il n'existe rien de semblable à une loi sur les brevets, rien qui puisse empêcher d'établir dans ce pays une industrie protégée ailleurs par des brevets, et cependant rien n'y témoigne de cette vigueur d'initiative manufacturière qu'une pareille absence de toute entrave semblerait, à certains esprits, devoir produire [1]. Les produits industriels de la Suisse exigent de l'habileté de main et de la dextérité, comme, par exemple, pour les travaux d'horlogerie, dont une assez grande partie est exécutée par des femmes et des enfants. Le talent inventif, comme celui que l'on trouve chez Bodmer, un Suisse, ou chez Heilman, un Allemand, ou chez Siemens, un Prussien, a cherché sa voie vers l'Angleterre, abandonnant le pays natal. Cette émigration du talent inventif et du travail éclairé ne peut être mise en doute.

On peut citer ici le passage suivant du rapport du docteur Rosenthal : « Est-ce que nos inventions « allemandes : la télégraphie, l'impression télégra- « phique, le ciment, la fabrication de l'acier, les « couleurs d'aniline, n'ont pas émigré à l'étranger, « en quête du capital nécessaire à leur développe- « ment? Tout capitaliste allemand appréhende d'a- « vancer les premiers fonds qu'exigent les expé- « riences, la construction, les modèles, etc., alors « qu'il n'est pas certain de conserver ensuite sa pro- « priété. »

Un autre ouvrage[2] renferme le passage suivant : « Le fait que l'Allemagne a moins de brevets qu'au- « cun autre pays civilisé ne peut malheureusement « pas être contesté. » Puis, après avoir parlé de la preuve qui est fournie de ce fait par les journaux techniques : « On ne contestera pas que ces chiffres

1. Voir le Rapport sur les lois de brevets par le Dr Rosenthal, de Cologne.

2. L'Essai de l'Union de district des ingénieurs allemands, de Cologne : La protection des inventions est un droit dans l'intérêt de la société.

« ne donnent matière à de sérieuses réflexions; ils « montrent que les Allemands ne satisfont par eux-« mêmes au besoin de nouvelles inventions qui se « fait sentir en Allemagne, que dans la mesure de 10 « à 20 p. 100 à peine. Or, lorsqu'on remarque que la « puissance inventive des Allemands s'est affirmée « depuis longtemps d'une manière indéniable et « même brillamment, et qu'elle se manifeste tous « les jours à l'étranger, on ne trouve d'explication à « ce phénomène que dans l'insuffisante protection « accordée aux inventions en Allemagne, et qui pa-« ralyse les efforts de l'inventeur. » Plus loin encore: « Si la protection donnée aux inventions n'augmente « pas l'activité inventive, il faut donc, ou qu'elle lui « soit nuisible, ou qu'elle soit sans influence sur elle. « Or, jamais on n'a avancé qu'elle fût sans influence, « et nous n'avons donc pas à nous arrêter à cette « hypothèse. Est-elle nuisible? Mais si la protection « avait pour effet de nuire à l'activité inventive, les « pays qui ne la pratiquent pas, tels que la Hollande « et la Suisse, devraient se distinguer tout particu-« lièrement sous le rapport des inventions [1]; et l'ex-« périence prouve, au contraire, que les pays dans « lesquels la protection est largement maintenue et « pratiquée énergiquement peuvent montrer le plus « grand nombre d'inventions, tandis que ceux qui « ne donnent pas de protection ou qui n'en donnent « qu'une insuffisante produisent le nombre d'inven-« tions le plus restreint. Si vous reconnaissez dans « ces faits des manifestations d'une même cause, « vous êtes nécessairement amenés à conclure que « la protection des inventions est nécessaire dans

Conséquences de l'absence d'un système de brevets en Allemagne.

1. Voir les faits relatés en ce qui concerne ces pays. *Ibid.*

« l'intérêt de la société. » A ce qui précède on peut ajouter ce fait que, sur les étrangers à qui des brevets sont accordés aux États-Unis, les Allemands forment une importante majorité, ce qui confirme la conclusion ci-dessus touchant le petit nombre d'inventions produites par l'Allemagne et la difficulté d'y répandre des inventions nouvelles.

Les brevets sont en harmonie avec le commerce libre.

Cette considération et d'autres encore, qui sont plus complétement développées dans les rapports déjà cités plus haut, montrent que la protection par les brevets n'est pas en contradiction avec les principes du commerce libre, mais qu'au contraire, si l'on y réfléchit, on voit qu'elle est basée sur ces principes mêmes, qu'elle tend à développer les échanges et qu'elle est un remède efficace à l'attraction et à la concentration du travail éclairé dans les pays possédant un système de brevets national.

Décision du Congrès.

La réponse du Congrès sur la question de l'abolition ou du maintien, réponse formulée d'une manière si peu équivoque dans cette proposition : « que la pro-« tection des inventions doit être assurée par les lois « de tous les pays civilisés », doit être suivie, comme le dit le programme, « d'efforts faits en vue d'opé-« rer une transformation uniforme des lois de bre-« vets existantes, qui sont aussi variées que compli-« quées. » Le programme suggère aussi que cette réforme ne doit pas être restreinte dans des limites territoriales, mais que l'on doit travailler à obtenir une loi internationale sur les brevets, ou, en d'autres termes, une loi de brevets applicable à tous les pays.

Systèmes de brevets de différents pays.

Les principales différences entre les systèmes de brevets des divers pays ont déjà été signalées plus haut, sous le bénéfice de cette observation que les lois de tous ces pays présentent une communauté de principe quant à la reconnaissance des titres du véritable et premier inventeur, et aussi en ce qui concerne la nouveauté, mais que certains pays ne reconnaissent pas les droits du premier et véritable inventeur exclusivement, et qu'il existe aussi des différences dans leurs législations quant aux caractères de la nouveauté et de la publicité propre à la détruire.

D'autre part, les lois existantes ont déjà été divisées en deux classes :

1° Celles d'après lesquelles le brevet est délivré comme de plein droit, pourvu que les formalités aient été remplies, système qui a été appelé « système de la proclamation; »

2° Celles d'après lesquelles le brevet est accordé après un examen préalable, ce qui a été appelé le « système de l'examen. »

Les différences principales entre ces deux systèmes ont déjà été expliquées.

En outre des distinctions ci-dessus, il est bon d'établir pour les divers systèmes la classification suivante, afin de faire ressortir d'une manière précise de quelle nature sont les différences qu'ils présentent, et de montrer distinctement l'attention que l'on devra apporter à ces différences quant à leur nature et quant à leur étendue.

1° Dans les pays suivants, la délivrance du brevet n'est pas limitée aujourd'hui à l'inventeur seul :

Belgique, France, Norvége, Paraguay, Pologne[1], Russie, Suède.

1. Les brevets délivrés par la Russie couvrent maintenant la Pologne. (Tr.)

Dans tous ces pays, le brevet est accordé au premier demandeur ; dans certains d'entre eux, d'ailleurs, tels que la Norvége, la Suède, la Pologne et la Russie, la délivrance n'a lieu qu'après un examen touchant la nouveauté et l'utilité.

2° Les pays ci-dessous ne délivrent de brevets qu'à l'inventeur :

Autriche, Bade (Grand-Duché), Bavière, Allemagne (Petits États), Hanovre, Italie, Portugal, États Romains[1].

3° Dans les pays suivants, le premier importateur obtient un brevet, sans que l'on recherche s'il est ou non l'inventeur :

Brésil, Chili, Pérou, Nouvelle-Grenade, Danemark, Hollande[2], Prusse, Rio de la Plata, Saxe, Espagne, Wurtemberg.

La politique de ces pays est d'encourager l'introduction des inventions nouvelles, sans tenir compte des titres de l'inventeur.

4° Dans le Royaume-Uni, les prétentions de l'importateur sont admises ; on exige le serment ou déclaration solennelle que le demandeur croit être l'inventeur; mais, dans le Royaume-Uni, celui qui importe de l'étranger est regardé comme étant inventeur dans le royaume, de sorte qu'il n'existe rien pour empêcher les abus dont on s'est plaint concernant le pillage des inventions.

Aux États-Unis, on exige un serment ou affirmation analogue, et la validité du brevet n'est pas entachée par le fait que l'invention aurait été connue et

1. Les États Romains sont maintenant couverts par le brevet italien. (Tr.)

2. La Hollande ne délivre plus de brevets. (Tr.)

employée dans un autre pays, pourvu qu'elle n'ait pas été brevetée ou décrite dans un ouvrage imprimé.

Les conséquences d'une publication antérieure, faite à l'étranger, sont diversement envisagées par les lois des pays ci-dessus. Mais il n'est pas nécessaire de nous arrêter davantage sur ce sujet, puisque l'on admet que, si un système international ou universel était établi, il devrait être basé sur la reconnaissance des titres du seul inventeur ou de ses représentants, à l'exclusion des personnes qui lui sont étrangères.

Dès que ce principe sera admis, les autres questions, telles que celles du mode de délivrance des brevets, de leur prix, de leur durée, des conditions de concession des licences et du prix des produits, peuvent être laissées à l'appréciation de chaque pays, pour être réglées d'après ses besoins spéciaux.

Pour répondre aux vues des promoteurs des résolutions votées par le Congrès, il peut être bon de signaler les différents systèmes proposés ou existants, pour servir d'introduction à l'exposé d'un système destiné à s'appliquer à tous les pays.

Trois systèmes proposés.

Les divers systèmes proposés ou en vigueur peuvent être divisés comme suit :

1° Système de l'enregistrement;

2° Système de la proclamation;

3° Système de l'examen.

Nous pourrions nous borner à constater que le système de l'enregistrement n'existe pas en pratique, n'était l'autorité avec laquelle il a été proposé et l'analogie qu'il offrirait avec l'enregistrement adopté, en Autriche et ailleurs, pour le droit d'auteur et pour les dessins et marques de fabrique. Le premier mouvement d'opinion sérieux qui se manifesta pour la réforme des lois de brevets fut inauguré, en 1849-50, par un comité très-influent de la Société des arts (*Society of Arts*); il aboutit à la proposition d'un enregistrement des brevets analogue à l'enregistrement des dessins de fabrique, ce qui équivalait à instituer sensiblement la même loi pour les brevets que pour les dessins. Ce projet rencontra une opposition basée sur les différences importantes existant entre les deux matières.

Les dessins se rapportent aux beaux arts et à l'ornementation, plutôt qu'aux arts industriels, excepté pour les cas peu nombreux des dessins d'utilité, dont la plupart doivent, en réalité, faire l'objet de brevets. D'ailleurs, la grande différence entre les deux sera évidente, si l'on considère qu'un dessin n'a jamais que deux dimensions, soit sa projection ou représentation sur une feuille de papier, tandis qu'une invention industrielle comporte de la matière, ses formes et ses propriétés, l'action de forces chimiques, électriques et mécaniques. De plus, un dessin, comme un livre ou une peinture, témoigne de l'individualité de l'esprit qui l'a produit, aucune autre personne ne produirait exactement le même, sauf dans des cas très-simples et très-rares, tandis qu'une invention, exactement la même, peut être faite par des esprits différents; tellement qu'on a pensé, non sans raison, qu'une invention qui ne serait pas faite aujourd'hui par l'un le serait probablement demain ou prochainement par un autre. Les lois mécaniques et la science théorique peuvent être une propriété commune, mais le talent d'appropriation, qui est essentiel à l'invention, ne s'est pas porté sur le même sujet. Car on ne saurait trop souvent ni trop fortement insister sur ce point, que des idées ne constituent

Talent d'appropriation.

pas l'invention, et qu'elles doivent revêtir un corps, exactement comme d'autres idées de l'esprit doivent s'incarner dans un écrit, avant de pouvoir devenir la base d'une propriété susceptible d'être définie et transmise. La matérialisation de ces idées constitue le travail d'invention, le service rendu, qui doit être payé et rémunéré à ce titre[1]. L'histoire de la plupart des inventions montrera combien souvent une idée mère a été proposée et a fait l'objet de brevets, sans donner aucun résultat, parce qu'elle était prématurée ou parce que celui qui la proposait manquait du talent d'appropriation nécessaire pour la rendre pratique, ou de la persévérance et de l'opiniâtreté qui constituent aussi le travail d'invention[2].

La promulgation d'inventions insuffisamment mûries est également nuisible à la cause de l'invention et à l'inventeur. Un système de simple enregistrement favoriserait plutôt qu'il n'empêcherait cette précocité. Un tel système, proposé par des partisans du système des brevets et dans son intérêt, a été appuyé par ses adversaires comme étant le moyen le plus sûr de le détruire[3]. Il est possible que la propriété en matière d'invention soit, comme la propriété des terres, trop divisée pour être profitable. On a proposé d'arrêter ces applications chimériques ou prématurées

1. Voy. l'opinion de M. Renouard, membre de l'Institut de France, procureur général.

2. L'exemple de sir F. Ronalds, au sujet des télégraphes, mérite d'être rapporté. Il avait inventé un télégraphe électrique qui avait été établi avec plusieurs milles de fil conducteur dans son jardin de Hammersmith; il soumit son invention à l'amirauté, mais il lui fut répondu que le sémaphore existant suffisait parfaitement à remplir son but.

3. Voy. la déposition de I.-K. Brunel devant le Comité d'Élite de la Chambre des Lords, session de 1851.

au moyen d'une taxe très-élevée mise sur les brevets, mais le vrai remède semble se trouver dans un système d'examen bien réglé, appliqué avant que la délivrance du brevet ne crée la propriété.

Systèmes de la proclamation et de l'examen.

Les deux autres systèmes, celui de la proclamation et celui de l'examen, représentent les systèmes existants; nous faisons observer, à ce sujet, que nous rangeons sous la première dénomination les systèmes de tous les pays où, pourvu que les documents fournis à l'appui de la demande ne présentent pas d'irrégularités, le brevet est accordé comme de plein droit et sa délivrance ou concession est proclamée par l'État ou par le titulaire comme ayant été faite dans ces conditions, tandis que nous rangeons dans le système de l'examen tous les cas où il y a un examen réel, comme aux États-Unis, ou un examen présumé, avec faculté d'opposition, comme dans le Royaume-Uni. Bien que, dans ce dernier cas, le système soit appliqué d'une manière si imparfaite et si insuffisante qu'il ne peut pas donner plus de résultats effectifs que s'il n'existait pas, la faculté d'opposition existe cependant et permet d'arrêter un brevet. Il n'est donc pas possible d'assimiler ce système, soit à celui de l'enregistrement, soit à celui de la proclamation; et puisque l'officier de la loi procède à un examen dans certains cas et pourrait le faire dans tous, on doit faire entrer ce système dans la catégorie des systèmes comportant un examen.

Loi proposée pour s'appliquer à tous les pays.

Le Congrès des brevets de Vienne ayant recommandé un système comportant l'examen, nous nous en inspirerons dans le projet que nous donnons ci-dessous d'une loi convenant à tous les pays.

Nous proposons donc ce qui suit :

1. La demande doit être faite par l'inventeur ou

pour son compte et s'appuyer sur un document du genre d'une spécification provisoire; en suite de quoi il sera accordé une protection provisoire, d'une durée limitée, qui permettra de faire des essais sans préjudicier à la délivrance du brevet.

2. Le demandeur, qui sera l'inventeur ou son représentant, pourra, s'il le préfère, déposer de suite une spécification complète, ce qui lui donnera droit à une protection provisoire de la même durée.

3. La spécification, provisoire ou complète, sera communiquée à des personnes compétentes qui seront chargées de préparer des tables, ainsi que d'examiner cette spécification et de faire un rapport indiquant si elle est suffisante et se prononçant sur la nouveauté de l'invention qu'elle expose.

4. Ce rapport sera soumis aux officiers ayant autorité pour délivrer les brevets.

5. Si le rapport n'est pas défavorable, le brevet suivra son cours; s'il est défavorable, le demandeur devra en être averti et il devra être entendu devant un officier de cette qualité, ayant l'examinateur pour assesseur; mais le demandeur et l'examinateur ne devront pas communiquer ensemble en dehors d'une audience de ce genre.

6. La spécification, provisoire ou complète, sera secrète; mais, avant la délivrance effective du brevet, elle devra être rendue publique afin de permettre aux intéressés d'y former opposition entre les mains de l'officier. Les frais occasionnés au demandeur par cette opposition, hormis dans les cas de fraudes ou d'agissements blâmables, seront supportés par le bureau des brevets.

7. On pourra toujours en appeler de la décision

dudit officier devant un tribunal, par exemple un des tribunaux ordinaires du pays.

8. La spécification sera imprimée et publiée une fois le brevet délivré.

9. Le brevet sera de 15 ans et sera soumis à des payements périodiques à l'expiration de la 5me et de la 10me années, respectivement.

10. Il pourra être prolongé de 7 années.

11. On pourra renoncer à certaines parties du titre ou de la spécification.

12. Les brevets pourront être délivrés à nouveau, pour permettre d'y faire des additions, de les amender et de les consolider, à la suite de perfectionnements apportés au même objet.

13. Le coût premier d'un brevet sera calculé d'après les dépenses nécessitées par le fonctionnement du système; les payements périodiques seront progressifs.

14. Les cessions de brevets, les licences et autres partages d'intérêts (s'il s'en produit) concernant les brevets, seront enregistrés au bureau des brevets.

15. Les brevets seront soumis à la condition d'accorder des licences et à telles autres conditions que les exigences du pays paraîtront rendre nécessaires.

16. Les différends seront portés devant un juge des tribunaux ordinaires, aidé d'assesseurs, et sans jury, excepté dans les cas tout spéciaux où il y aura des faits contestés; avec faculté d'appel comme dans les autres cas.

17. Le dépôt d'un modèle exécuté dans des dimensions et à une échelle déterminées pourra être exigé avant la délivrance du brevet; les frais de ce modèle devront être supportés par le bureau des brevets. Système proposé pour tous les pays.

18. Les modèles ainsi fournis seront conservés

dans un musée de l'industrie de tous les pays, dans lequel les inventions seront disposées et classées en vue du bureau des brevets, d'une histoire des inventions et de l'instruction technique.

19. Une bibliothèque libre et un musée libre, dont le public devra pouvoir profiter avec toutes facilités, seront établis dans les principales villes de chaque royaume.

20. Les recettes provenant du prix des brevets et des versements périodiques pour leur conservation seront appliquées à l'administration du système, à l'impression et à la publication de spécifications, d'abrégés, de tables et d'une histoire des inventions, ainsi qu'à l'établissement et à l'entretien de bibliothèques et de musées publics.

Le système dont le projet est esquissé ci-dessus est basé sur la reconnaissance des prétentions de l'inventeur et sur un examen de l'invention, cet examen ne devant porter que sur la nouveauté de celle-ci et sur la précision de la description. Ce système exclut l'expression d'aucun avis touchant le mérite de l'inventeur ou le caractère pratique ou utile de l'invention; toute la responsabilité à cet égard doit être laissée au demandeur et à ses conseils. Le demandeur, une fois averti, par les personnes les plus compétentes pour le renseigner, de la manière dont il peut sembler qu'il ait été devancé dans la voie de l'invention, sera en mesure de juger par lui-même ou par ses conseils s'il doit poursuivre sa demande, en interjetant appel, dans le cas d'une décision défavorable.

L'enquête est donc limitée à la question de fait, à la question de nouveauté, et les questions d'opinions touchant le caractère pratique ou le caractère d'utilité sont laissées au jugement du demandeur. Un pareil système, dans la pratique, serait consultatif et adjuvant, plutôt que prohibitif. On pourrait bien soutenir que le brevet devrait être finalement accordé si l'inventeur, ainsi averti, et après appel, persistait dans sa demande, les rapports défavorables au brevet étant conservés contre ce dernier; mais si l'on réfléchit que le tribunal jugeant en dernier ressort aura une tendance à accorder le brevet toutes les fois qu'il y aura le moindre doute, on est amené à croire qu'avec un examen aussi limité il vaut mieux, en définitive, que le refus absolu soit possible.

Commission commune ou Convention proposée.

Quand un examen aura eu lieu, soit dans le Royaume-Uni, soit aux États-Unis, il ne paraît pas nécessaire de le recommencer, si un brevet vient à être demandé dans un autre pays, pour la même invention, par l'inventeur ou son représentant; d'ailleurs, ne pourrait-il pas y avoir une commission commune ou une convention, aux travaux de laquelle prendrait part, lorsqu'une demande de brevet sera faite dans un nouveau pays, un membre ou un représentant du pays dans lequel le brevet original a été accordé; commission qui pourrait devenir une cour d'appel dans certains cas.

Comités d'Élite de 1851 et 1864.

L'enquête faite par le Comité d'Élite de la Chambre des Lords en 1851 eut pour résultat la loi de 1852, dont la disposition essentielle, la protection provisoire, a déjà été signalée plus haut.

Le Comité d'Élite de la Chambre des Communes, présidé par M. Dillwyn, présenta un rapport dont voici la substance, au sujet d'un musée des inventions mécaniques[1] :

1. Voir le Rapport du 19 juillet 1864.

« Le but essentiel d'un musée général est de re-« présenter et d'expliquer l'origine, les progrès et « l'état actuel des branches principales de l'inven-« tion dans le domaine de la mécanique ; de montrer « les pas les plus décisifs qui ont été faits et qui ont « amené les machines les plus remarquables à leur « degré de perfection actuel ; de fournir des rensei-« gnements utiles et intéressants pour stimuler l'in-« vention. » Le rapport disait aussi : « Pour la for-« mation d'une collection de spécimens, il serait né-« cessaire d'adopter le principe de la sélection. Une « collection de ce genre doit renfermer un choix « de modèles d'une dimension restreinte, relatifs à « différentes catégories d'inventions, et un choix de « modèles d'inventions brevetées courantes. Cette « collection doit être exposée dans une dépendance « du Bureau des brevets[1]. »

Rapport à la Commission Royale.

La Commission Royale qui a fonctionné en 1863-65 pour faire une enquête sur le fonctionnement de la loi sur les brevets d'invention, et que présidait le comte de Derby (lord Stanley à cette époque), s'exprimait, dans son rapport, de la façon suivante, sur les questions de l'examen préalable et de la juridiction qui devait connaître des procès en matière de brevets[2] :

« Vos commissaires ne peuvent recommander un « examen préalable portant sur le mérite de l'inven-« tion pour laquelle un brevet est demandé, mais « ils sont d'avis que l'on établisse un sérieux examen « sous la direction des officiers de la Couronne, à « l'effet de rechercher si les inventions auraient

1. Voir le Rapport du 19 juillet 1864 sur la bibliothèque et le musée du *Patent Office*.

2. Voir le Rapport de la commission royale, 1865.

« déjà fait l'objet d'une publicité par voie de documents, soit par suite de la délivrance d'un brevet, soit d'autre manière, et que le brevet soit refusé dans le cas où une publicité de ce genre aurait eu lieu. Aucune autre preuve ne devra être admise que celle résultant ainsi de documents, et les motifs de refus du brevet devront être certifiés par les officiers de la loi ; il pourra en être appelé de leur décision devant le lord chancelier. Vos commissaires sont d'avis que le mode de jugement actuel de la validité des brevets n'est pas pratiqué d'une manière satisfaisante. Que les affaires de cette nature doivent être portées devant un juge aidé d'assesseurs scientifiques, mais sans jury, à moins du désir contraire des deux parties au procès. Que ces assesseurs doivent être choisis par le juge pour chaque affaire ; que l'indemnité à leur payer doit être comprise dans les frais de l'instance et qu'il doit y être pourvu de la manière que le juge ordonnera. Qu'aucun juge spécial ne doit être désigné pour juger les affaires de brevets, mais que les juges de loi et d'équité auront pouvoir de faire des règlements prescrivant qu'une Cour donnée siégera pour connaître exclusivement des causes se rattachant aux brevets.

Comité d'Élite, 1872.

Le Comité d'Élite de la Chambre des Communes, nommé pour faire une enquête sur la loi des lettres patentes d'invention et sur les résultats produits par la délivrance de celles-ci, comité présidé par M. Samuelson, a recommandé un examen préalable portant sur la nouveauté, et le jugement des procès de brevets par un juge aidé d'assesseurs compétents.

L'autorité et l'expérience des Etats-Unis au sujet

du système de l'examen ont un si grand poids, que l'on peut compter sur l'adoption de ce système quand on établira une législation sur les brevets destinée à tous les pays.

La Commission Royale a été d'avis que les licences pour l'emploi des inventions brevetées ne doivent pas être obligatoires, mais que la Couronne doit avoir le droit de faire usage d'une invention, moyennant indemnité; qu'il ne doit pas être accordé de brevet à l'importateur d'une invention étrangère, et qu'un brevet ne doit pas être prolongé au delà de la durée de quatorze ans, originairement fixée.

Licences obligatoires.

La résolution sanctionnant le principe des licences obligatoires fut une concession généreuse de la part de beaucoup de membres du Congrès, qui les considéraient comme une infraction aux droits de propriété; mais, comme nous l'avons déjà dit et comme on l'a fait ressortir au Congrès, il peut se présenter des cas dans lesquels une invention est susceptible d'influer beaucoup sur une autre invention antérieure et de l'amener à un plus grand degré de perfection, sans être cependant indispensable pour son exécution. Il y a d'autres cas, se rattachant aux services publics, comme par exemple pour les constructions navales et les munitions de guerre, dans lesquels il est nécessaire de pouvoir faire des essais sur la plus grande échelle, et où la rivalité de plusieurs prétendants peut rendre très-difficile l'adoption du système le plus parfait. Les inconvénients éprouvés, de ce fait, dans les services publics de la Grande-Bretagne, ont été reconnus si sérieux, que l'on a eu recours à une fiction légale d'après laquelle toute propriété est supposée résider dans le pouvoir souverain de chaque État, de sorte que, lorsqu'il délivre des brevets, on ne peut pas présumer qu'il commette une dérogation à ses propres droits : il se réserve, dans ce cas, le droit de faire usage lui-même de telle invention qu'il lui plaît, nonobstant les priviléges exclusifs qu'il accorde à d'autres[1]. Nous devons, d'ailleurs, rappeler que pendant de longues années les patentes d'invention n'ont été accordées qu'à la condition, sous peine de déchéance, que le titulaire fournirait aux services publics tels articles qu'il serait requis de fournir, et cela de la manière, dans le temps et aux prix et conditions raisonnables que les officiers du département de l'artillerie lui fixeraient; nous ajoutons que, malgré les droits attribués à la Couronne, des indemnités ont habituellement été payées au propriétaire du brevet.

Protection accordée à l'inventeur.

En outre des raisons déjà données à l'appui de la clause des licences, qui, comme nous l'avons dit, a été soutenue dans l'intérêt de l'inventeur, comme étant dirigée contre le capitaliste et le manufacturier, qui peuvent avoir intérêt à ce que l'invention ne soit pas exécutée, on peut encore dire que cette clause est dans l'intérêt de l'inventeur en ce qu'elle le protége contre lui-même. Beaucoup d'inventions ne sont pas exploitées au mieux par l'inventeur; des considérations personnelles interviennent souvent pour l'empêcher de concéder des licences; il s'ensuit un procès qui, après de grands frais de part et d'autre, aboutit ordinairement à une entente sur des bases raisonnables, si le brevet est maintenu. Le procès est généralement le moyen par lequel on arrive à des conditions qui auraient pu être détermi-

1. Voir l'affaire Feather, demandeur, contre la Reine d'Angleterre.

nées par un arbitrage, au grand profit des deux parties. L'existence d'un tel pouvoir comme *vis major* paraît devoir obliger chacun à être raisonnable et rendre les procès entièrement inutiles, excepté dans quelques cas de contrefaçon.

Préjudiciable à l'inventeur.

On a objecté qu'un système de licences obligatoires pourrait être préjudiciable à l'inventeur et être injuste à son égard, parce qu'un capitaliste ou un manufacturier serait ainsi à même d'acquérir une licence et d'annihiler le brevet ; mais cela ne serait possible que s'il s'agissait de licences exclusives, ce qui serait en contradiction absolue avec tous les principes sur lesquels on s'appuie pour proposer l'obligation des licences.

On a dit aussi : Supposons deux manufacturiers concurrents dont l'un a perfectionné et rendu plus économique un mode de production, grâce à un grand talent et à des sacrifices pécuniaires ; est-ce que son rival doit pouvoir venir à lui pour lui en enlever le bénéfice? A cela on peut répondre que ce cas ne rentrerait pas dans la résolution dont il s'agit. Pourquoi supposer qu'un tribunal compétent, en cas de désaccord, ne veillerait pas à ce que le licencié soit une personne convenable et à ce que l'inventeur reçoive une juste compensation?

Il a été suggéré qu'il ne devrait être demandé de licences que quelques années après la délivrance du brevet et que les licences devraient être soumises à des révisions périodiques ; cela mérite d'être pris en sérieuse considération.

Catégories d'inventions.

On a défini l'homme, non sans justesse, « un animal qui fait des outils ». A l'origine, pour pouvoir vivre, il se fit des outils du genre le plus simple et le plus grossier ; ses productions les plus récentes et les plus parfaites sont encore dans la même direction : la substitution du travail mécanique au travail manuel. C'est ce qui a fait donner le nom d'outils à certaines classes d'inventions, bien que ce soient réellement des machines, comme par exemple la raboteuse automatique de Whitworth et, généralement, l'importante catégorie d'inventions rentrant sous la dénomination de machines épargnant de la main-d'œuvre. Les progrès d'une nation dépendront dans une large mesure des progrès de l'invention; c'est à elle surtout qu'est due la création rapide de la richesse. Les beaux-arts augmentent les agréments de la vie, la civilisation d'un peuple, mais les arts industriels ajoutent, de leur côté, au bien-être de la vie et à la richesse du peuple. On a dit que la nécessité est la mère de l'invention : si elle a la nécessité pour mère, elle a pour père l'esprit industrieux de l'homme dirigé par les connaissances scientifiques et techniques.

Il n'est pas tiré parti de l'instruction technique en Allemagne.

Bien qu'il soit reconnu que l'Allemagne est en avance sur les autres pays sous le rapport de l'instruction technique, il n'est pas contesté qu'elle reste en arrière dans les arts industriels. On en a indiqué une cause : la protection insuffisante de l'invention.

Une comparaison avec les États-Unis ne sera peut-être pas hors de propos. Dans ce pays, l'éducation est largement répandue; l'éducation de tous est le premier pas, d'une portée considérable, essentielle; le pas suivant, c'est l'instruction technique; l'enseignement spécial approprié aux facultés et aux dispositions de la jeunesse est poussé beaucoup plus loin en Allemagne qu'aux États-Unis, mais l'effet produit dans ce dernier pays sur l'intelligence de la nouvelle génération est décrit de la manière suivante par un juge des plus compétents :

« Un jeune homme américain est d'une aide sérieuse pour son patron, parce qu'il a pleinement conscience de sa mission et qu'il en facilite l'accomplissement par l'acquisition rapide des connaissances nouvelles dont il se trouve avoir besoin, au lieu d'attarder son patron en plaçant sa propre ignorance sur la route du savoir de celui-ci, et de l'obliger ainsi à des efforts qui l'épuisent ».

Le contraste ainsi présenté suggère diverses réflexions sur les causes et les conséquences, que nous ne pouvons pas développer ici d'une manière complète. La collection réunie à l'Exposition de Vienne a offert de nombreux exemples des différences qui existent dans le progrès industriel des différents pays de la terre. Un examen impartial amènerait probablement à cette conclusion : qu'aucun peuple n'est sérieusement fondé à exalter sa supériorité sur les autres; que les connaissances en science appliquée et en art pratique se sont largement répandues et se répandent rapidement dans toutes les directions; que les têtes pour concevoir et les mains pour exécuter sont distribuées assez uniformément sur toutes les parties civilisées et habitables du globe; que les connaissances en arts industriels sont déjà si répandues et se répandent tant chaque jour, que, désormais, la concurrence dépendra plus des avantages locaux que de l'aptitude spéciale pour des travaux donnés des habitants de telle ou telle localité, de tel ou tel pays.

Conséquences du commerce libre.

L'esprit humain et le talent humain possèdent une puissance surprenante d'appropriation; la puissance intellectuelle et matérielle est la même sur tout le globe; le remplacement du travail manuel par des opérations mécaniques, l'adoption de machines épargnant du labeur, suivent une marche progressive, lente, mais continuelle, qui ne peut manquer d'être accélérée par les expositions industrielles venant en aide aux causes naturelles. Le commerce libre, ce grand civilisateur de l'humanité, progresse sous l'influence de ces expositions; les préjugés aux profondes racines, instinctifs chez l'homme, tombent devant la reconnaissance de ce fait qu'il est possible d'opérer des échanges de produits auxquels chacune des parties contractantes gagne; que ce gain est la véritable nature du profit; que les échanges de produits opérés entre les peuples librement et sans restrictions contribuent à l'avantage et à la richesse de tous; que ce bénéfice n'est pas le résultat d'un sacrifice fait par un pays au profit d'un autre; que par ces moyens la somme de la puissance productive de l'homme est largement augmentée dans le monde entier, pour une même quantité de travail; que cette augmentation est due en partie à l'extinction de l'ignorance, en partie aussi à la suppression de la fraude, mais surtout aux efforts réunis du talent et de la science pour contraindre la nature à satisfaire aux besoins de l'homme; que ce talent et cette science peuvent être d'une importance beaucoup plus grande que l'existence de la matière première dans une localité donnée.

Effets des Expositions.

La constatation des progrès accomplis par les autres pays est le premier pas à faire pour en trouver la cause. On a affirmé que le contraste accusé par la grande exposition de 1851, les expositions de Paris en 1855, de Londres en 1862, de Paris en 1867 et de Vienne en 1873, en ce qui concerne les outils, les machines et généralement les inventions mécaniques, que ce contraste, disons-nous, a été si grand qu'un observateur, même superficiel, pouvait s'apercevoir de ce que des observateurs attentifs et expérimentés ont constaté, à savoir qu'en 1851 la Grande-Bretagne était sans rivale, mais qu'à chaque exposition successive cette situation s'est modifiée considérablement au détriment de ce pays et à l'avantage des autres. Sa supériorité en 1851 était due à ses avantages relatifs et à des causes naturelles et artificielles, matières premières, capital, division du travail, ouvriers expérimentés et bien exercés. Ce pays ne s'est pas arrêté depuis lors, mais d'autres pays ont avancé à plus grands pas; les différences s'atténuent chaque année; il est nécessaire que cette avance relative soit combattue par notre marche plus rapide. L'emplo d'outils et de machines permettant à un seul homme de faire le travail qui en exigerait un grand nombre est le véritable secret de la production économique; c'est là le seul moyen de triompher des désavantages qui résultent du prix plus élevé qu'il faut payer pour le combustible, la main-d'œuvre et les matières premières, de l'élévation des salaires et de la diminution du nombre d'heures de travail. L'invention de machines épargnant de la main-d'œuvre, d'outils nouveaux et une augmentation du talent des ouvriers fournissent le seul remède efficace. Beaucoup d'inventions de ce genre peuvent être minimes et en apparence insignifiantes, mais par leur ensemble elles peuvent avoir des conséquences considérables sur le progrès du pays.

L'énergie dont l'individu est susceptible pour l'amélioration de sa condition est l'industrie inventive dans son acception la plus entière et la plus large; les progrès de la physique et de ses applications pratiques, venant en aide aux efforts constants de l'homme pour augmenter son bien-être, feront beaucoup pour rendre une nation prospère, en dépit d'une mauvaise direction et d'un mauvais gouvernement. Tout ce qui peut tendre à seconder ces efforts individuels est un bien pour tous.

Services rendus par la Commission anglaise.

La commission anglaise seconda les vues des promoteurs de l'Exposition de Vienne, en ce qui regarde le Congrès des brevets, dont les travaux aboutirent à des résolutions approuvant le principe de la propriété en matière d'inventions, reconnaissant qu'elle est de bonne politique, qu'il convient de la maintenir et de fondre ensemble les systèmes de tous les pays.

Les services que les officiers de la Commission anglaise ont rendus, en réprimant deux sérieuses contrefaçons portant sur la marque de fabrique et sur le nom commercial de deux maisons anglaises éminentes, ont déjà été signalés comme un grand bienfait pour tous les fabricants.

La Commission anglaise rendit encore un autre service des plus importants aux exposants et aux fabricants anglais, en traduisant et publiant les documents ci-après : Tarif des droits d'entrée en Autriche, avec tableaux comparatifs des monnaies, poids et mesures de l'Autriche, de l'Angleterre et de la France; traité de commerce entre l'Angleterre et l'Autriche (16 décembre 1865); lois austro-hongroises relatives aux inventions, aux dessins industriels, aux patrons ou modèles et aux marques de fabrique, ainsi qu'à la protection temporaire pour les produits envoyés à l'Exposition universelle de Vienne, en 1873.

Les expositions universelles de l'industrie, inaugurées par le Prince consort en 1851 et terminées par l'Exposition de Vienne de 1873, auront une grande influence, non-seulement dans le sens déjà indiqué plus haut, mais encore pour accélérer la réalisation de cette unité de tout le genre humain, qui, suivant les termes de ce prince illustre, n'est pas une unité qui brise les limites et nivelle les caractères particuliers des différentes nations de la terre, mais plutôt une unité qui est précisément la résultante et le produit de ces différences nationales et de ces qualités antagonistes.

J'ai l'honneur de rester,
de Votre Altesse Royale,
le plus obéissant serviteur,

THOMAS WEBSTER.

The Temple, mars 1874.

APPENDICE

APPENDICE

RÉUNION DU COMITÉ EXÉCUTIF

INSTITUÉ

PAR LE CONGRÈS INTERNATIONAL

DES BREVETS D'INVENTION

Le Comité exécutif nommé par le Congrès international des Brevets en vue de poursuivre la réalisation des résolutions votées par ce Congrès les 4, 5, 6, 7 et 8 août 1873, avec faculté de s'adjoindre de nouveaux membres, a tenu le samedi 9 août 1873, sous la présidence du baron de Schwartz-Senborn, président honoraire du Congrès, une réunion à laquelle étaient présents :

William Siemens, président du Congrès;
Th. Webster, conseillerde la Reine;
M. Hamilton Hill;
M. Eugen Langen;
D^r v. Rosas;
Dr Jannasch;
Dr H. Grothe;
Dr Weinmann;
Dr Rosenthal;
Dr André;
Holfrath v. Engerth
Professeur Blake;
M. Carl Pieper, ingénieur civil.

Il a été résolu, dans cette réunion :

1° Que l'honorable J.-M. Thacher, M. B.-B Hotchkiss et M. S. Remington, des États-Unis, seraient adjoints au comité;

2° Que le baron von Schwartz-Senborn serait président du comité exécutif, que ce dernier s'établisse à Vienne ou ailleurs;

3° Que le Dr William Siemens serait prié d'écrire une préface ou introduction au compte rendu des travaux du Congrès, à dédier au baron von Schwartz-Senborn.

Le Dr W. Siemens accepta :

4° Que M. Carl Pieper, ingénieur civil à Dresde, serait le secrétaire général du comité exécutif;

5° Que le Dr v. Rosas, de Vienne, serait le trésorier du comité exécutif;

6° Que le Dr Rosenthal, de Cologne, et le Dr v. Rosas, assisteraient spécialement le secrétaire général pour la publication du compte rendu;

7° Que les membres de ce comité résidant dans les pays étrangers constitueraient des comités locaux spéciaux pour leurs pays respectifs, avec faculté de s'adjoindre des membres, en vue de poursuivre la réalisation des résolutions du Congrès,

Chaque comité local étant autorisé à admettre des membres, à provoquer des réunions, à recevoir des cotisations mensuelles d'une livre sterling ou au-dessus, dont il serait tenu compte au secrétaire général et au trésorier, et à faire tout ce qui serait nécessaire pour réaliser les résolutions du Congrès;

8° Que le président et le secrétaire général prépareraient des projets de lois, destinés à être soumis à une assemblée générale pour être approuvés.

Le Président honoraire du Congrès international des brevets d'invention,

Baron VON SCHWARTZ-SENBORN.

Le Président du Congrès international des brevets d'invention,

WILLIAM SIEMENS.

LETTRE DE Mr. R. A. MACFIE

MEMBRE DU PARLEMENT ANGLAIS

AU DIRECTEUR GÉNÉRAL DE L'EXPOSITION UNIVERSELLE
DE VIENNE
PRÉSIDENT HONORAIRE DU CONGRÈS INTERNATIONAL
DES BREVETS D'INVENTION

Chambre des Communes, le 25 juillet 1873.

Au baron von Schwartz-Senborn, etc., etc

Monsieur,

J'ai l'honneur de vous accuser réception de votre lettre datée du 21 courant, et de vous assurer du haut prix que j'attache à votre invitation spéciale d'assister à la conférence sur les brevets d'invention. C'est avec regret que je me vois dans l'impossibilité de profiter de cette invitation, ayant des engagements définitifs ici et en Écosse.

Je me rappelle avec plaisir des conférences un peu analogues auxquelles j'ai eu l'honneur d'assister à Dresde et à Ghent. Dans la première de ces villes, un congrès d'économistes se déclara opposé, en principe, au système de rémunération des inventeurs par un monopole. Dans la seconde, au congrès de l'Association internationale pour l'avancement des sciences sociales, un vote basé sur une note émanant de moi fut rendu à l'unanimité en faveur d'un système international pour régir les inventions.

Mon opinion, si je l'exprimais à votre conférence, serait sensiblement conforme à ces deux résolutions. Je pense, en effet, qu'il est évidemment profitable à un pays possédant des brevets que les pays qui lui font concurrence pour le commerce et pour l'industrie soient soumis aux mêmes charges et aux mêmes restrictions que lui; car, autrement, ils auraient sur lui un avantage illégitime. L'absence pour eux de restrictions et de prohibitions, leur exonération de toute prime ou redevance à payer aux propriétaires de brevets, les favorisent beaucoup et, en fait, avec cette aggravation que cela constitue comme un droit protecteur prélevé sur les productions du pays avec lequel ils rivalisent. Tel est le caractère et tel est l'effet des primes exigées par les brevetés. Quand les primes ne sont pas acceptées et que le monopole légal n'existe pas, le protectionnisme des brevets devient de la prohibition; mais je suis tout prêt à appuyer un traitement libéral des inventeurs. Si un inventeur prouve par son succès que ce qu'il vient de faire est profitable à la société, je serais heureux de le voir honoré et de voir lui donner une rémunération en argent.

Qu'un comité international des divers États du monde civilisé soit constitué pour décerner des mentions honorables et accorder des récompenses équitables dans tous les cas de ce genre. Une contribution relativement minime fournie par chaque État suffirait. Supposez-la ce que vous voudrez, je ne doute pas qu'elle ne mît plus d'argent dans la poche des inventeurs méritants et des manufacturiers qui ont fait preuve d'initiative, que le système existant, qui consiste à accorder (trop à la légère et sans le discernement qui serait nécessaire pour donner du crédit à la qualité de breveté) ce que nous appelons par euphémisme des « priviléges exclusifs », c'est-à-dire le pouvoir plus que royal d'empêcher ses contemporains, pendant quatorze années, de faire usage des procédés, des machines, c'est-à-dire du savoir, que la Providence découvre aux hommes et met à leur portée. Quant au public, sur qui le poids des brevets retombe en fin de compte, il trouverait un avantage immense dans le remplacement du mode actuel « d'achat » des méthodes et arts nouveaux, par le mode simple et naturel de contributions pécuniaires directes, basées sur une estimation exacte de leur valeur dont la preuve incontestable serait fournie par l'expérience et l'usage pratique. Aucun pays, probablement, n'aurait à fournir, pour sa quote-part, 100,000 livres sterling. Se trouvera-t-il une personne compétente pour calculer combien le système de brevets actuel coûte en primes, en élévations de prix, en retards apportés aux perfectionnements et sous d'autres rapports que je ne puis pas examiner ici. On peut être certain que celui qui ferait cette appréciation arriverait à un résultat qui, exprimé en argent, atteindrait plusieurs millions de livres sterling. Il y a quelques années, le Gouvernement anglais nomma une commission présidée par celui qui est aujourd'hui le comte de Derby, pour faire une enquête au sujet des patentes d'invention. Cette commission déclara dans son rapport qu'il était intéressant d'examiner la question de savoir s'il était bon d'accorder des brevets. Depuis lors, la Chambre des communes nomma un comité des patentes, dont l'une des recommandations a été que l'on devait introduire dans le système des brevets le principe de l'internationalisme, aussi bien que celui des licences obligatoires, c'est-à-dire l'abolition de l'élément monopole dans les délivrances de brevets. J'appelle spécialement votre attention sur la déposition de M. Schneider devant ce comité. Cet éminent homme d'affaires et homme d'État sanctionne de tout le poids de son autorité l'opinion que le système imparfait actuel pourrait continuer encore, pourvu que l'on délivrât les brevets, à l'avenir, avec plus d'attention et en moins grand nombre. Il voudrait faire, des brevets, des faveurs tout à fait exceptionnelles, qui ne seraient accordées que pour des inventions pleines de promesses et après un examen spécial.

Il est peu de personnes qui voulussent critiquer ouvertement ce genre de compromis. J'espère que les délibérations qui vont avoir lieu à Vienne auront surtout en vue le bien de la société, et placeront les intérêts des producteurs et des consommateurs au-dessus des prétentions d'inventeurs ingénieux qui ont jusqu'ici, avec peu d'avantages pour beaucoup d'entre eux, été encouragés dans une activité nuisible.

Mon ami, M. Webster, conseiller de la Reine, a bien voulu se charger de vous porter vingt exemplaires d'une compilation que j'ai faite, il y a trois ans, d'arguments *pour* et surtout *contre* les brevets tels qu'ils ont été régis jusqu'ici. Je vous prie de me faire l'honneur d'accepter ces exemplaires et de les répandre.

J'ai la confiance que votre conférence marquera une époque, si elle aboutit à des arrangements du genre de ceux qui sont imparfaitement esquissés dans ce livre.

En vous exprimant de nouveau mes regrets de ne pas prendre part à vos discussions, et mon espoir d'en voir sortir des propositions que le Gouvernement anglais (chez qui un esprit opposé aux brevets commence à prévaloir, tant sur le « sac de laine » qu'au ministère de la guerre, au trésor et ailleurs encore) puisse saluer comme un pas décisif fait vers la solution d'une grande question que l'on n'a pas encore étudiée sérieusement et dont on n'a guère examiné que le principe dans la plupart des États du monde civilisé.

J'ai l'honneur d'être,

Monsieur,

Votre humble et fidèle serviteur,

R. A. MACFIE.

ADRESSE

DE L'HONORABLE J. M. THACHER

COMMISSAIRE-ADJOINT DES PATENTES D'INVENTION
AUX ÉTATS-UNIS D'AMÉRIQUE

AU CONGRÈS INTERNATIONAL DES BREVETS A VIENNE

---

7 août 1873.

Monsieur le Président et Messieurs,

Je tiens à vous remercier cordialement d'avoir si courtoisement étendu jusqu'à moi votre invitation de conférer ici avec vous, et à vous assurer que l'intérêt que je prends aux débats de votre Congrès n'est en rien diminué par le fait que de fâcheuses circonstances ne m'ont pas permis d'y participer activement. Je regrette infiniment que, vu la position que j'occupe, les convenances ne m'aient pas semblé permettre que je prisse place au Congrès en qualité de membre actif; mais toutes mes sympathies, tout mon cœur a été avec vous, et j'espère que les conclusions et les résolutions définitives de ce Congrès seront du plus haut intérêt pour le monde civilisé.

Permettez-moi, Messieurs, de vous expliquer brièvement ce qui me paraît devoir constituer la base d'une protection des inventions au moyen de brevets. Et d'abord, je pense que la protection par les brevets est fondée sur un sentiment de justice vis-à-vis de l'individu. L'un des plus grands juristes de l'Angleterre a dit, en substance, qu'il est universellement admis que l'homme a un droit de propriété sur toute chose à laquelle il consacre du travail. Il faisait là allusion au travail manuel; mais lorsqu'on applique ce principe aux inventions, autant les facultés mentales sont supérieures aux facultés physiques, autant l'individu me semble avoir un droit de propriété plus fort et plus juste sur le produit de ses facultés mentales que sur le produit de sa puissance physique. Je suis donc tout prêt à émettre cette première proposition, qui me paraît pouvoir être défendue devant le monde entier, que la protection des inventions au moyen d'un bon système de brevets est fondée sur la justice à l'égard de l'homme lui-même, en lui accordant un droit de propriété sur le produit des plus hautes facultés que le Dieu tout-puissant lui ait données. Je serais heureux de pouvoir développer ce point. Il est plein d'intérêt pour nous, plein d'intérêt pour la grande masse des inventeurs répandus sur toute la terre; mais j'ai à m'occuper de tant de choses dans le peu de temps que je veux vous tenir éloigné de vos discussions légitimes, que je dois me borner à l'indiquer brièvement avec d'autres. Je désire dire simplement ceci, que si l'on compare la possession complète que l'inventeur a de ses inventions, avec la possession qu'il a de ses facultés physiques, on ne peut pas trouver une seule chose appartenant à l'homme sur laquelle il ait un droit plus élevé de disposition absolue que le produit de ses facultés intellectuelles. Il l'a créé lui-même. S'il le garde pour lui, il se trouve entièrement et exclusivement en sa possession. Nul ne peut le lui prendre; aucun moyen juridique ne peut le lui arracher. Il a, à son égard, un droit plus fort et plus valable, en tant que fondé sur la possession, que sur ses propriétés foncières elles-mêmes. Or, Messieurs, s'il en est ainsi, si l'homme a si complétement la disposition de son invention, je ne puis apercevoir aucune obligation pour lui de la communiquer à d'autres, à moins que ce ne soit dans son propre intérêt. Je ne vois aucune obligation pour lui de la dévoiler, à moins qu'il ne lui soit permis d'en disposer et d'en faire usage de la même manière que pour toute autre propriété.

Je pense, du reste, que la protection par les brevets n'est pas fondée seulement sur le droit individuel de propriété, mais qu'elle est basée, en second lieu, sur son utilité au point de vue politique; je crois, en d'autres termes, que, non-seulement l'inventeur a droit, comme individu, à une protection, à une reconnaissance légale de ses titres à la propriété de son invention, mais aussi que l'intérêt public commande cette reconnaissance des droits de l'inventeur. Il est inutile, devant cette assemblée d'hommes intelligents qui ont déjà pensé à ces choses et les ont discutées, de dire un seul mot à l'appui de la proposition ci-dessus. Personne ne nie que les inventions ne soient profitables à tout le monde, cela est reconnu aussi bien par ceux qui défendent l'excellence de la protection au moyen de brevets que par ceux qui la combattent. Le progrès des arts industriels est désiré par tous les peuples. Or donc, si le progrès des arts industriels est désirable et si les inventions y conduisent, tout régime qui stimulera les inventions et qui amènera des progrès plus grands et plus importants sera un grand bien et un bien durable pour le public. Mais la protection par les brevets est bonne au point de vue politique, non-seulement à cause de l'avantage général qui résulte des inventions, mais parce que c'est le seul moyen d'amener les inventeurs à dévoiler complétement au public les productions de leur génie inventif. Si l'on ne donne à un homme aucune protection, si on ne le pousse pas à faire connaître son invention, dans quelle voie cherchera-t-il une rémunération de l'importante découverte qu'il a faite? Le seul moyen dont il dispose, c'est de la garder secrète. Aussi longtemps qu'il peut la cacher à tout le monde et l'exploiter en secret, il a quelque espoir d'en tirer un profit, mais à partir du moment où il la dévoile, il en perd la disposition et elle tombe dans le domaine public. De telle sorte que, si l'inventeur ne jouit pas d'une protection d'un genre ou d'un autre, sa seule chance de rémunération pour une découverte utile, c'est de la tenir cachée et de l'exploiter en secret. Je n'ai pas besoin d'insister pour montrer combien une telle pratique serait regrettable, car cela est presque universellement reconnu. La première et la plus grande objection que l'on peut faire à un tel état de choses consiste dans ce fait, que l'industrie devient alors un des monopoles les plus odieux qui puissent exister; car, aussi longtemps l'invention peut être tenue secrète et être exécutée en secret et demeure un produit désirable, aussi longtemps l'inventeur et le fabricant peuvent demander au public le prix qu'il leur plaît. L'article peut être maintenu à un prix élevé, le public être obligé de subir toutes les exigences, et la possession du secret être transmise de génération en génération, ce qui est un des plus odieux monopoles qu'on puisse imaginer; ou bien, ce qui ne serait pas moins désastreux, l'invention peut être entièrement perdue pour tout le monde par la mort de l'inventeur. Il est donc nécessaire pour le progrès des arts, pour contribuer d'une manière importante au bien-être général, que des mesures soient prises en vue d'amener l'inventeur à faire connaître le plus complétement possible l'invention qu'il a faite. Or, nous ne sommes pas encore au temps où les hommes n'obéiront plus qu'à des motifs philanthropiques. Malheureusement, l'intérêt est plus ou moins le mobile des hommes de toutes les conditions et de tous les pays, et ce n'est que par l'espoir d'une récompense, d'une récompense matérielle, que les inventeurs, comme hommes d'affaires, peuvent être amenés à dévoiler leurs découvertes et à les donner ainsi au monde pour le profit de tous. Je dis donc que, pour faire bénéficier le public des inventions, en assurant leur divulgation pleine et entière et en les mettant à la portée de tous ceux qui peuvent désirer fabriquer en se conformant à des lois convenables, il faut donner un genre quelconque de protection, soit par des lois sur les brevets, soit par quelque autre moyen.

Maintenant que j'ai parlé de ce second principe fondamental, que je ne cesserais pas de développer, j'examinerai la question de savoir si la protection est juste et si elle est de bonne politique, et quel est le meilleur système pour assurer les droits de l'inventeur et pour augmenter le bien-être général. Eh bien ! le seul moyen, autre que les brevets, qui ait été proposé avec quelque apparence de raison, je dirai même avec quelques arguments sérieux, c'est de donner à l'inventeur une certaine somme une fois payée, pour le récompenser d'avoir fait connaître son invention. Il me semble que ce système ne peut pas être présenté à des esprits pratiques, sans que ses défauts apparaissent aussitôt. Premièrement, il est impossible d'apprécier la valeur d'une invention au moment où elle vient d'être faite. L'histoire des inventions, dans notre pays et dans tous les autres, me semble démontrer que, parmi les inventions les plus importantes, il en est qui ont été aussi peu appréciées que possible au moment de leur apparition. Ces faits vous sont familiers et je n'ai pas besoin de citer d'exemples. Dans l'histoire universelle des inventions, nous voyons à chaque instant des inventeurs luttant pendant des années pour faire adopter leurs inventions. Quelques-uns d'entre eux sont descendus au tombeau, appauvris par leurs efforts, par la dépense de temps et d'argent qu'ils avaient dû faire pour tâcher de convaincre le public qu'ils avaient produit quelque chose d'utile, et ce sont des générations suivantes qui ont repris leurs inventions, les ont répandues, ont prouvé la grande utilité qu'elles offraient pour tout le monde et en ont recueilli le bénéfice. Je crois donc qu'il est tout à fait impraticable de déterminer la valeur d'une invention au moment même où on en a connaissance. En supposant que cette valeur pût être déterminée approximativement, il pourrait arriver, d'une part, que l'inventeur reçût quelquefois une récompense trop forte, car l'histoire montre, non-seulement que des inventions ont été d'abord trop peu appréciées, mais aussi que ce qui avait semblé avoir une grande valeur et promettait d'être d'une grande utilité et d'un grand avantage pour le public s'est trouvé quelquefois sans aucune utilité; ou bien, au contraire, si l'invention était appréciée au-dessous de sa valeur, et que l'inventeur la vît entrer dans l'usage général sans recevoir lui-même une rémunération équitable, ce serait une grande injustice commise à son détriment et il n'y aurait plus d'encouragement à faire de nouveaux efforts. L'impossibilité d'employer ce moyen pour indemniser l'inventeur du temps et de l'argent qu'il a dépensés me paraît être si évidente pour tout esprit pratique, que je juge tout autre commentaire inutile et que je me borne à faire encore cette remarque que, en ce qui concerne notre pays, il serait, à mon avis, absolument impraticable d'y établir un pareil système. La délivrance de brevets d'une durée limitée est le seul autre moyen qui ait été employé pour rémunérer l'inventeur et satisfaire à l'intérêt public. Cela me paraît être la seule manière juste et pratique d'atteindre ce double but. L'inventeur, si on lui assure un droit exclusif sur son invention, se trouve parfaitement à même de la mettre sur le marché, comme toute autre propriété, avec l'espoir que la demande sera de nature à l'indemniser de son temps et de ses dépenses; en même temps, on assure au public la connaissance complète de l'invention et son introduction dans l'usage. Il peut sembler résulter de ce qui a déjà été dit ci-dessus que le droit de l'inventeur doit être incommutable, mais ici l'intérêt public intervient et exige qu'il ne soit pas créé un monopole perpétuel, c'est-à-dire que le privilége exclusif n'existe que pour un nombre d'années raisonnable. Il y a à tenir compte, au surplus, de plusieurs considérations importantes, dans l'établissement d'un système de protection au moyen de brevets. Quels sont les principaux éléments qui doivent servir à constituer un bon système de brevets?

Je dis, d'abord, qu'il ne doit être accordé de brevets que pour des inventions nouvelles, parce que nul n'a le droit d'empiéter sur le domaine public et d'obtenir un privilége exclusif pour ce qui est déjà la propriété de tous; pour des inventions utiles, parce que nul n'a de titre à l'obtention d'un privilége exclusif pour une chose qui ne doit pas procurer d'avantages sérieux à la masse du public. Ces propositions me semblent si évidentes que je juge à peu près inutile d'y insister. Elles s'imposent tellement au bon sens de tout le monde qu'il est à peine besoin d'arguments pour les appuyer. Si l'on accorde que l'inventeur a un droit de propriété sur son invention, et que ce droit doit être exclusif, cette proposition a forcément pour corollaire que ce droit exclusif ne peut pas porter sur une chose qui appartient déjà à un autre ou au public. Si l'on accorde, de plus, que l'inventeur doit avoir un droit exclusif sur son invention, mais qu'il ne doit avoir ce droit que parce que l'intérêt général exige que sa propriété soit protégée, il s'ensuit nécessairement qu'il ne doit pas avoir un droit exclusif pour une chose nuisible au public. Je crois, Messieurs, pouvoir maintenant quitter ce point, avec l'assurance qu'il est généralement accepté par vous, car je suis heureux de savoir que, dans les résolutions que vous avez déjà adoptées, il se trouve reconnu et affirmé d'une manière formelle.

Je dis, ensuite, que la protection par les brevets ne doit être accordée qu'au premier inventeur. Ceci peut paraître impliqué dans la première proposition et en découler nécessairement ; mais un instant de réflexion montrera que cela n'y est pas impliqué autant qu'on pourrait le croire, car, si la loi d'un pays permet à l'importateur de l'invention d'une autre personne d'acquérir un droit exclusif sur cette invention, le premier *desideratum*, savoir : que la protection par brevets ne doit s'appliquer qu'à des inventions nouvelles et utiles, ne se trouvera pas violé. Je maintiens donc, comme second *desideratum*, que la protection par brevets ne doit être donnée qu'au premier inventeur. Cela me paraît être la conséquence logique de la première proposition, savoir : que la protection par brevets a pour base la justice à l'égard de l'inventeur, en garantissant le droit naturel qu'il a, comme individu, sur le produit de ses facultés intellectuelles. Si cela est vrai, lui seul possède ce droit, et lui seul (ou ses représentants légaux) peut être fondé à réclamer la protection privative attachée à un brevet. Par conséquent, s'il renonce à cette protection, s'il dit : Je ne désire pas obtenir de droit exclusif pour cette invention, j'aime mieux en faire l'abandon à la société, cette invention appartient, dans ce cas, non pas à un importateur qui la transporte d'un pays dans un autre, mais au public tout entier.

Je ne connais aucun droit légal, aucun principe juridique en vertu duquel le simple importateur d'une invention faite dans un autre pays puisse justement prétendre à ce droit exclusif. Le droit naturel n'est que pour l'inventeur, et s'il néglige de se l'assurer, pour une raison quelconque, il revient au public et doit tomber dans le domaine général. A des époques précédentes, il a pu y avoir des raisons d'encourager le transport des inventions d'un pays dans un autre en favorisant les simples importateurs. Avec les moyens de communication imparfaits auxquels on était alors réduit, les transactions commerciales rencontraient quelquefois de grandes difficultés et même de grands dangers, et l'on comprend aisément qu'il était juste et politique de la part d'un gouvernement d'accorder un privilége exclusif à celui qui importait une invention étrangère, afin de profiter des avantages que la communication de cette invention à ses propres sujets devait produire. Mais, aujourd'hui que les moyens de communication ont été si largement et si magnifiquement améliorés, au point que deux continents peuvent échanger des idées en un clin d'œil, et que des citoyens passent continuellement d'un pays dans un autre et se mêlent les uns aux autres avec toute facilité, rien ne justifie plus une pareille extension de ce privilége, et je crois qu'aucun pays n'a plus de motif légitime pour donner un encouragement à l'importateur d'une invention étrangère, en en faisant l'objet d'un droit exclusif en sa faveur. L'effet moral d'une pareille disposition légale ne doit pas être négligé. Peut-être l'avons-nous plus éprouvé, en Amérique, que vous, sur le continent, à cause du plus grand nombre de nos inventions et de la plus grande quantité de brevets que nous délivrons. Tandis que nous ne concédons aucun privilége exclusif à l'importateur d'une invention étrangère, il y a des pays qui vont jusque-là, et certains hommes font commerce de transporter des inventions d'un pays dans un autre. Or, je ne connais rien, se rattachant aux brevets, qui ait une influence aussi démoralisatrice que cette pratique sur les mœurs générales des affaires. Les personnes dont je parle, dont les unes sont nos propres citoyens et dont les autres sont des citoyens d'autres pays qui résident chez nous, guettent la délivrance des brevets à notre *Office*, et, dès que cette délivrance a lieu, *s'emparent* des bonnes inventions — je ne puis employer un terme plus doux — et les portent dans d'autres pays, en qualité de simples introducteurs, au grand préjudice des vrais propriétaires. L'un de nos principaux *attorneys*, quelques jours avant mon départ de Washington pour venir ici, me disait qu'une semaine plus tôt une personne s'était présentée à son cabinet et lui avait fait la proposition suivante : Cette personne ayant continuellement affaire au bureau des brevets et ayant des brevets à prendre chaque semaine pour des inventeurs, offrait à l'*attorney* de lui communiquer, aussitôt qu'elles seraient brevetées, les inventions ayant de la valeur, qui seraient présentées alors aux pays accordant un privilége à l'importateur, les bénéfices devant être partagés entre eux deux. Est-il possible de concevoir un agissement plus immoral ? J'en appelle à vous, Messieurs, en votre qualité d'hommes d'affaires : pouvez-vous imaginer une pratique plus vicieuse et plus démoralisatrice que celle-là? Je suis heureux d'avoir à ajouter que l'*attorney* se leva sur-le-champ, ouvrit la porte et enjoignit à cette personne de quitter la place au plus tôt.

J'arrive maintenant à cette troisième proposition, que les deux *desiderata* indiqués plus haut ne peuvent trouver leur satisfaction que par l'établissement d'un examen préalable. Je ne sais pas si cela rencontrera ici quelque objection. Cela me paraît être un point sur lequel quelques-uns de mes amis ne sont pas d'accord. Mais la logique me semble l'exiger si impérieusement, que j'ai peine à concevoir que quelqu'un concède cette double proposition, qu'il ne doit être accordé de brevet que pour une invention utile et nouvelle, et au premier inventeur seulement, et n'arrive pas à cette conclusion qu'il faut un examen préalable. En l'absence de cet examen, comment saurez-vous que vous n'empiétez pas sur le domaine public en accordant le brevet? Comment saurez-vous si vous l'accordez à l'inventeur ou à l'importateur? Vous pouvez imposer au demandeur un serment, mais nous savons que les faux serments sont quelquefois bien vite faits, et un homme qui se propose de dérober l'invention d'un autre n'hésitera pas longtemps à jurer qu'elle est de lui. Il me paraît absolument nécessaire que la délivrance des brevets soit accompagnée d'une investigation préalable faite minutieusement, pour reconnaître si l'invention est nouvelle et utile et si le privilége est demandé par le premier et véritable inventeur.

Si un examen est nécessaire, par qui doit-il être fait? Il peut l'être par l'inventeur, par son représentant spécial (*attorney*), ou par un corps officiel d'experts, nommé à cet effet par le gouvernement. Examinons un instant lequel des trois donnera le mieux satisfaction à la justice. On m'accordera certainement que, plus le tribunal sera désintéressé, plus sa décision sera impartiale. D'après cela, l'inventeur n'est pas l'homme qu'il faut pour faire un examen préalable et déterminer si son invention est nouvelle et utile, car, si quelques-uns d'entre vous, Messieurs, ont l'expérience des bureaux de brevets, soit pour avoir demandé des brevets, soit pour en avoir délivré, vous reconnaîtrez probablement avec moi que les inventeurs, généralement parlant, ne savent pas voir la différence qui existe entre leurs inventions et celles des autres. Il est naturel qu'il en soit ainsi : un père est toujours fier de son enfant. Vous me concéderez donc, sans doute, que l'inventeur n'est pas la personne désintéressée qui doit apprécier s'il y a lieu d'accorder un brevet. Quoique son représentant spécial n'ait pas un intérêt aussi direct dans l'invention, cependant, comme questions d'affaires, il est nécessairement influencé, plus ou moins, par les désirs de son client, et, dans ses discussions avec ce client au sujet du résultat de son examen, il n'est pas possible qu'il ne cède pas à l'avis de celui-ci dans une certaine mesure. Il travaille pour des honoraires, et ces honoraires dépendent souvent beaucoup de l'opinion qu'il donne. Nous savons tous comment cela arrive; c'est la conséquence d'une malheureuse faiblesse de la nature humaine, et, tout en regrettant qu'il n'en soit pas autrement, nous sommes forcés de prendre les choses comme elles sont. Je crois donc que la tâche doit être confiée à une personne plus complétement désintéressée que l'inventeur ou son représentant. Il faut avoir un corps d'experts, — appelez-les examinateurs ou comme vous voudrez, — un corps officiel d'experts qui examine la question et qui décide entre le public, d'une part, et l'inventeur, de l'autre. Nous ne devons pas oublier, en effet, qu'un brevet est un peu du genre d'un contrat par lequel, en échange de la communication complète que l'une des parties fait de son invention, l'autre partie, le public, accepte que l'inventeur ait pendant un certain nombre d'années un monopole ou droit exclusif pour la fabriquer ou l'employer. Pour rendre une décision juste et équitable entre l'inventeur et le public, quel meilleur tribunal peut-on désirer qu'un corps d'examinateurs nommé par le gouvernement et complétement désintéressé dans la solution? Étant donné un tel corps d'experts, possédant les connaissances scientifiques nécessaires pour lui permettre de décider avec compétence sur les questions qui touchent au mode d'opération d'une invention mécanique ou chimique, ainsi que les connaissances légales qui devront lui permettre d'établir en bonne forme la description et les « revendications », et étant complétement désintéressé dans le résultat, il me semble que nous sommes fondés à attendre de lui qu'il tiendra égales les balances de la justice entre les droits du public, d'une part, et les droits individuels, de l'autre, et que ses décisions seront, en général, plus satisfaisantes pour les parties intéressées que celles de tous autres arbitres. Je crois donc, non-seulement que la délivrance d'un brevet doit être précédée d'un examen fait attentivement, mais aussi que cet examen doit être fait par des personnes désintéressées, désignées dans ce but par le gouvernement du pays où le brevet est délivré. Ce système sera aussi beaucoup plus économique pour le breveté que si celui-ci devait recourir aux services d'un expert professionnel, en dehors de tout attache officielle. Le coût des brevets aux Etats-Unis, comparé à celui des brevets en Angleterre, autorise cette assertion. Les frais d'un examen dans notre pays sont insignifiants, 15 dollars (3 livres sterling), tandis qu'en Angleterre ils sont, je suppose, de 10 à 50 livres sterling, ou même 100 livres, suivant la réputation du Conseil à qui l'on s'adresse. Certains membres de ce Congrès ont eu l'expérience de différents pays et peuvent indiquer plus exactement les frais comparatifs pour chacun. Quoique les frais d'un examen, en Amérique, soient moindres que dans aucun autre pays, je crois pouvoir avancer sans crainte que la tâche y est remplie aussi bien et avec des résultats aussi certains.

L'établissement d'un examen préalable officiel doit être accompagné d'un système d'appel libéral. Un examinateur peut se tromper quelquefois dans sa décision, et la délivrance d'un brevet ne doit jamais ne reposer que sur un seul homme. Il doit donc être laissé une faculté d'appel; de cette manière la décision du premier tribunal, si elle est défavorable, pourra être révisée une ou plusieurs fois, et les droits de tous seront amplement protégés par un pareil système de brevets, qui, dans mon opinion, approche autant de la perfection qu'il est possible.

Maintenant, je dois ajouter, d'une manière générale, que, quel que soit le système que l'on adopte dans un pays, pour donner des résultats réellement bons, il doit être appliqué libéralement. Un système d'examen préalable, tout en étant organisé d'une manière judicieuse, peut, en effet, être pratiqué de façon à devenir une des choses les plus pénibles auxquelles un inventeur puisse être soumis. La Prusse en offre un exemple. Le système d'examen de la Prusse pourrait répondre à tous les besoins, mais il est appliqué de telle façon que l'on dit communément, en Amérique, parmi les inventeurs, qu'en Prusse l'examen a pour but de refuser les brevets pour toutes les inventions. Et c'est dans ce pays, où les inventions devraient, à ce qu'il me semble, être vivement encouragées, et dont le peuple possède des connaissances scientifiques et techniques qui sembleraient promettre les meilleurs résultats, que l'on trouve, en réalité, le moins d'inventions faites et brevetées; je ne devrais peut-être pas dire *faites*, mais je puis dire certainement le moins d'inventions brevetées. Les inventeurs prussiens cherchent d'autres pays où leurs droits soient plus généreusement reconnus et qui puissent mieux satisfaire leur espoir de rémunération; d'un autre côté, les brevetés des autres pays ont appris, par l'expérience générale, à fuir le Bureau des brevets de Prusse comme un leurre et un piége.

Un système de brevets ne peut donner tous ses avantages que s'il est appliqué d'une manière libérale, et par là j'entends, non-seulement le libéralisme présidant à la délivrance des brevets, mais aussi un esprit libéral à l'égard des inventeurs après la délivrance de ces brevets. Donnez à l'inventeur tout ce à quoi il a droit, même si l'invention semble de peu d'importance, et laissez ensuite le pouvoir judiciaire interpréter le brevet de manière à protéger complétement les droits de cet inventeur et à encourager ses efforts. Une telle manière de faire sera reconnue, à la fin, la meilleure, non-seulement pour le breveté, mais aussi pour le public. La question de l'action judiciaire en matière de brevets ne rentre peut-être pas dans l'objet de ce Congrès, mais je ne puis m'empêcher d'y faire allusion en passant, car elle a nécessairement une influence capitale sur le système des brevets d'un pays.

Permettez-moi maintenant de parler brièvement de notre système de brevets américain, car je crois qu'il sera intéressant pour vous de savoir quelque chose de son fonctionnement, quoique je m'aperçoive que je n'aurai pas besoin de donner sur ce sujet autant d'explications que je le pensais. Beaucoup de nos amis allemands qui figurent dans ce Congrès paraissent avoir une pleine connaissance de notre système et apprécier avec justesse ses bons effets, et je ne saurais le recommander plus fortement qu'ils ne l'ont déjà fait. L'histoire de la protection par brevets, en Amérique, coïncide presque avec notre existence comme nation indépendante. Le premier Congrès américain, en 1790, fit une loi sur la protection des inventions, qui était basée sur les principes que j'ai déjà proposés plus haut. Cette loi fut amendée à diverses reprises, pour répondre aux exigences des intérêts publics. Ce n'est, toutefois, qu'à 1836 que l'on peut faire remonter l'origine de notre système tel qu'il existe aujourd'hui. Au mois de décembre de cette année 1836, le Bureau des brevets, avec toutes ses archives, fut détruit par un incendie. Dans la session du Congrès de cette même année, la loi des brevets fut soigneusement révisée et il fut voté une nouvelle loi qui n'a pas été profondément modifiée par la législation ultérieure. La loi de 1836 organisa complétement le Bureau des brevets, établit un corps d'examinateurs et mit en marche tout le mécanisme de notre système tel qu'il fonctionne encore. On pourrait donc dire que nous avons commencé une nouvelle carrière en 1836, car, jusqu'alors, la marche du Bureau des brevets avait été assez irrégulière, les examens précédant les délivrances de brevets avaient été un peu capricieux, et le nombre des brevets avait été faible en comparaison des résultats que l'on a obtenus plus tard. Depuis 1836, le développement du talent inventif et les progrès des arts industriels, chez nous, ont été merveilleux, même à nos yeux. Le nombre des brevets accordés depuis 1836 est d'environ cent quarante mille. Je me trouve avoir entre les mains un exemplaire de notre « *Official gazette* » du 1er juillet 1873, et j'y vois que le dernier brevet délivré à cette date porte le n° 140 567. Le nombre des demandes de brevets a constamment augmenté d'année en année et s'élève maintenant à vingt ou vingt et un mille par an; quant au nombre des brevets accordés annuellement, il est de treize à quinze mille. Pour le mettre en mesure d'examiner ce grand nombre de demandes, le corps des examinateurs experts a été augmenté à différentes époques, jusqu'à comprendre aujourd'hui environ cent personnes, savoir: vingt-quatre examinateurs principaux, et un même nombre de premiers, de seconds et de troisièmes examinateurs adjoints, plus, un examinateur spécial pour les marques de fabrique et aussi pour les *interferences* (demandes de brevets se trouvant en conflit avec d'autres). Le personnel d'employés a été augmenté proportionnellement; si bien que le nombre des agents de tout grade du Bureau des brevets peut être évalué aujourd'hui à cinq cents, en chiffres ronds.

La simple indication du nombre des brevets délivrés depuis 1836 est suffisante pour m'autoriser à dire que notre système s'est affirmé comme un stimulant des plus remarquables pour le génie inventif, non-seulement dans notre propre pays, mais dans le monde entier. Maintenant, vous demanderez, tout naturellement, combien de ces brevets ont de la valeur. Il est évidemment impossible d'obtenir à ce sujet une statistique présentant une garantie absolue d'exactitude, mais l'expérience que j'ai acquise dans mes fonctions m'a fourni des données qui me permettent de me faire une opinion à peu près exacte. J'ai discuté la question avec d'autres personnes et je me suis renseigné auprès des fabricants, des brevetés et des jurisconsultes qui, les uns et les autres, avaient fait leur spécialité des questions se rattachant à la loi sur les brevets, et je crois pouvoir dire sans aucune exagération que la moitié des brevets accordés dans notre pays peuvent être considérés comme rémunérateurs. Je ne veux pas dire par là que la moitié de ces cent quarante mille brevets aient fait la fortune des brevetés; mais ils ont été rémunérateurs dans une certaine mesure, c'est-à-dire qu'ils ont payé les frais et quelque chose de plus; il n'y en a qu'une faible partie qui aient été largement rémunérateurs et qui aient donné de grandes fortunes aux brevetés ou à leurs représentants. On peut donc dire, à mon sens, que l'influence de notre système sur les inventions et sur les inventeurs eux-mêmes a été heureuse au delà de toute attente. Mais vous demanderez aussi quelle a été l'influence de notre système de brevets sur les intérêts manufacturiers de notre pays. J'ai eu également l'occasion de faire quelques recherches sur ce point. Peu de temps avant mon départ de Washington, le Secrétaire d'État adressa à des inventeurs, à des fabricants et autres personnes intéressées aux brevets, une série de questions, parmi lesquelles il s'en trouvait qui visaient l'influence que notre système de brevets avait pu avoir sur les intérêts manufacturiers du pays. A une exception près, à peine, le grand nombre de fabricants consultés répondirent que le système des brevets avait été, sans aucun doute, favorable à ces intérêts. J'estime, avec d'autres qui ont qualité pour en juger, qu'aujourd'hui les six ou sept huitièmes de notre énorme capital manufacturier sont placés sur des brevets, directement ou indirectement. En fait, il est presque impossible de monter, en Amérique, une compagnie industrielle, si l'on n'est pas propriétaire de brevets portant sur une invention sérieuse.

Je crois donc pouvoir dire, comme conclusion, que notre système de brevets a été grandement profitable à nos inventeurs, à nos brevetés et à nos fabricants. Il a, en même temps, beaucoup contribué au bien-être du public en faisant passer dans l'usage général un grand nombre d'inventions utiles qui, autrement, ne se seraient pas développées, et en abaissant le prix de beaucoup d'articles par l'invention de moyens de fabrication nouveaux et perfectionnés. Nous pensons aussi que tout le monde a retiré des avantages de la libéralité de notre loi. Nous ne faisons aucune distinction entre les demandeurs étrangers et les demandeurs nationaux; nous invitons les inventeurs du monde entier à nous faire profiter de leur génie inventif aux mêmes conditions libérales que nous accordons à nos propres citoyens, en ne soumettant ces inventeurs à aucune obligation en ce qui concerne l'époque ou le lieu de la fabrication, ou l'introduction de l'invention dans l'usage public.

Mais, Messieurs, en disant cela je n'entends pas mettre notre système au-dessus des autres dans tous ses détails. Nous ne cherchons pas à le greffer sur celui des autres pays; je ne crois même pas que ce Congrès doive recommander d'adopter telle quelle la loi de brevets d'aucun pays. Mais nous serions heureux que les délibérations du Congrès aboutissent à l'acceptation de quelques principes adoptés par nous-mêmes, et à la recommandation de ces principes comme étant une bonne base pour une législation sur les brevets destinée à s'appliquer aux différents pays qui sont représentés ici.

Ces principes, je les ai indiqués plus haut. S'ils peuvent être envoyés au monde entier avec l'endossement de ce Congrès, je pense qu'il pourra en résulter d'importantes réformes à un moment donné. Quant aux détails d'un système de brevets, ils doivent être laissés à l'appréciation des divers pays, pour être réglés suivant leurs besoins.

Messieurs, je vous félicite de la réunion de ce Congrès et je suis convaincu que vos délibérations auront comme conséquence des avantages importants pour le monde entier. Il pourra se passer quelque temps avant que les réformes que vous poursuivez ne s'accomplissent, mais l'agitation de ces questions a été inaugurée ici de telle manière que, pourvu qu'elle se poursuive, le succès ne peut manquer de couronner vos efforts. Dans ce but, laissez-moi exprimer l'espoir que vous ne vous séparerez pas sans avoir établi un comité permanent chargé de représenter ce Congrès, de manière à créer une organisation grâce à laquelle le même sujet puisse être repris de temps en temps, jusqu'à ce que les gouvernements civilisés arrivent à être convaincus de l'exactitude et de l'excellence des principes qui ont été ici mis en avant, et jusqu'à ce que les droits appartenant aux inventeurs et les avantages que ceux-ci procurent au public soient universellement reconnus.

M. THACHER.

Typographie Lahure, rue de Fleurus, 9, à Paris.

www.ingramcontent.com/pod-product-compliance
Lightning Source LLC
Chambersburg PA
CBHW051138260626
47170CB00005B/1872
* 9 7 8 2 0 1 4 4 9 0 4 1 1 *